# 長い冬

ペニー・ジョーダン
高木晶子 訳

ハーレクイン
SP文庫

LONG COLD WINTER

by Penny Jordan



Published by Harlequin Japan,

a Division of K.K. HarperCollins Japan, 2024

**ペニー・ジョーダン**

1946年にイギリスのランカシャーに生まれ、10代で引っ越したチェシャーに生涯暮らした。学校を卒業して銀行に勤めていた頃に夫からタイプライターを贈られ、執筆をスタート。以前から大ファンだったハーレクインに原稿を送ったところ、1作目にして編集者の目に留まり、デビューが決まったという天性の作家だった。2011年12月、がんのため65歳の若さで生涯を閉じる。晩年は病にあっても果敢に執筆を続け、同年10月に書き上げた『純愛の城』が遺作となった。

◆主要登場人物

オータム……………旅行代理店勤務。
アラン………………オータムの上司。
ヨーク・レイン……オータムの夫。実業家。
ジュリア……………ヨークの元恋人。
サー・ガイルズ……政府の役人。
アネット……………ガイルズの娘。

# 1

オータムはまぶしい日ざしを避けるように目の上に手をかざして、島の上を旋回する小型水上飛行機を見上げた。ここはカリブ海に浮かぶ小島、セント・ジョンズ島。

「いよいよ、かものご到着だな」ふざけた口調で、アランがさりげなくオータムの肩を抱き寄せる。「君に期待してるよ。奴を逃がさないようにするのに、手を貸してくれないか」

二人はホテルの前の白い砂浜に立っていた。日焼けしたハニーブロンドの髪をふわふわと雲のようにカールさせた背の高い女は、繊細な感じがする。瞳はほのかにけむった紫色。ホテルの敷地内に散らばるコテージの壁をはう、ブーゲンビリアの花と同じ色だ。男のほうが女より少し背が低い。三十代前半のがっしりした体つきの男で、夏物の背広を着こんでいる。金色に日焼けした体にビキニをつけただけの女とは、ちぐはぐな格好だった。

オータムは無意識に男の腕を避けて体を引いた。それに気づいて、アラン・シールズはちょっと口もとをこわばらせた。オータムはアランの秘書である。サリー・フェラーズの推薦で今回のプロジェクトに加わっていた。アランは、トラベル・メイツというパッケージ・ツアーを企画する会社の経営者だ。そしてオータムは申し分のない秘書だったが、アランが少しでも個人的になれなれしい態度を取ると、貝のように自分の殻に閉じこもってしまう。初めはびっくりしたアランも、オータムがあまりにかたくななので、今では何かわけでもあるのだろうと思うようになっていた。

二十二歳にもなって、恋愛経験がひとつもないはずはない。ましてやこんなに魅力的なのだから……。でもなぜよそよそしいのだろう？　自分はどちらかといえばハンサムなほうだし、独身で、金もある。年齢的にも釣り合いは取れているはずだが……とアランは思う。

サリーにもかまをかけてみたけれど、サリーの口は堅く、「オータムにちょっかいは出さないでくださいね」と言うばかりだ。サリー自身は母性的なタイプの女性で、パイロットと婚約している。

アランは我に返ったようにオータムを見た。「とにかくあらゆる手を尽くさなきゃならないんだ。彼の援助がないと、うちはもうおしまいだ。トロピカーナ社が喜んで横からかっさらっていくだろうよ。そうなったら我々はみんな、めしの食い上げさ」

確かにアランの言うとおりだった。カリブ海の最後の楽園とも言えるこのセント・ジョンズ島の開発に、アランはすべてをかけていた。大金を投じてホテルを建設して、いよいよ完成間近というとき、島をハリケーンが襲った。おかげでホテルの本館の大部分が壊れてしまい、せっかく入っていた予約をキャンセルしなければならなくなったのだ。払い戻し金だけでもかなりの額になり、会社は倒産寸前の状態にある。アランはどうしても誰かに投資をあおぐ必要にせまられていた。

大手の旅行会社がすでに噂《うわさ》を聞きつけて、はげたかのようにこの島に群がっている。取引先の銀行が紹介してくれた今回の出資者が手を引いてしまったら、まさにどうしようもなくなるのは、オータムにもよくわかっていた。

わかってはいるけれど、その男を色じかけでなんとかしてほしいと言わんばかりのアランの命令には、従いかねる。アランはいい人だし、世話になっているのは確かだが……。

オータムはため息をもらして腕時計に目をやった。四時近い。

「今夜は僕のバンガローでその男と会ってから、食事をする予定になっている。せいぜいめかしこんで来いよ」

「めかしこめですって？　セクシーな格好で来いっておっしゃりたいんじゃない？」きっとした表情で、オータムはアランに言い返した。「わたし、そういうことに協力するつもりはありません。このことだけは最初からはっきりさせておきたいんです」

アランはわざとらしくがっかりして見せる。

「君の思いすごしだよ。僕が君に期待しているのは、ホステス役として愛想よく彼をもてなしてくれること、それだけさ。それならいいだろう？」

「さあ、どうかしら。そのお返事は今のところ保留にさせていただきますわ」そっけなくオータムは答える。

男に対するかたくなな態度を、アランが不思議に思っているのはオータムもとうに気づいていた。オータムの拒絶反応がすさまじいので、アラン自身は彼女にアタックするのをとっくにあきらめていて、女というよりは有能な部下として接するようになっていた。それでもときたま、オータムを女性として意識した口のきき方をすることがある。オータムはそんなとき、巧みにアランをかわして寄せつけなかった。

「一緒に来て、あいさつしてほしいんだ」アランはオータムの顔色をうかがった。

水上飛行機は波ひとつない海の上にゆっくりと着水するところだった。

オータムは首を振った。

「お客様と約束があるんです。後でまた」

客を乗せた小型のランチが、岸に近づいてくる。オータムはそれには目もくれずにホテルに戻っていった。熱帯風にしつらえた庭を縫う小道に、木々が涼しい影を落としている。子供たちの遊び場やテニスコートを通りすぎ、大きなプールの横を通って、オータムはホテルのロビーへと入っていった。

エアコンの低いうなりが、あたりの静けさを強調している。フロント・デスクにいた褐色の肌の美しい女性が、オータムにほほえみかけた。

「今日はお客様はひとりもお見えじゃありませんわ。それぞれ遊ぶのに忙しいんでしょ」

オータムもほほえみ返した。今のところ、ここでのオータムの仕事は割合に暇だった。

オータムはぶらぶらとバーに入っていった。離れ屋形式のバーは一方が海に面している。反対側は涼しげなモザイクのタイルを敷きつめた庭だった。鉢植えのブーゲンビリアの花や熱帯の植物が、まっ白い壁にいろどりを添えている。

バーのある建物からアーチ道を抜けていくと、レストランとダンス・フロアがある。大きな鳥かごに入れられた鮮やかな色のおうむが二羽、けたたましく何かを叫んでいた。子供たちがおもしろがって言葉を教えるので、おうむたちのおしゃべりは増える一方だった。

籐《とう》椅子にゆったりと腰を下ろすと、オータムは寄せては返す波を眺めやった。このセント・ジョンズ島を、本当に熱帯の楽園にできるのかしら？

アランはこの島を、地上の楽園にしようともくろんでいた。単調で退屈な日常が忘れられる夢の島……。アランの企画の成功は今日来た新しい出資者の決断次第だった。

ホテルの自慢は二つのプールと、五百室のベッドルームだ。部屋は居間と小さなキッチンからなるコテージの形を取っている。コテージは広大な敷地の中に点在しているので、少しも混み合った感じはしない。

島にはテニスコート、ゴルフ場からスキューバ・ダイビングまで、あらゆるスポーツ施設がそろっているし、お客の希望はすべてかなえられるように、というアランの意向で、フランス料理から自炊用の食料までが手に入った。またどの部屋からも、どのコテージからも海が見え、本館の建物の背後には火山が広がっていた。

「やっぱりここにいたのね！」

近づいてきた小柄なブルネットの女性に、オータムはゆったりと笑いかけた。「ハロー、サリー。アランに頼まれてわたしを説得しに来たんでしょう」

サリー・フェラーズはそんなオータムに同情するように笑う。

「かわいそうに。でも美しすぎるあなたの罪、ってところね！　あきらめなさい」すんなり伸びたオータムの手足をうらやましげに見て、サリーは続けた。「あなたみたいにいい色に焼けるまで、この島にいられるといいんだけど。今週末にリックが来るときには、もうちょっといい色になっていたいな」

「結婚式の予定は？　決まったの？」

二人は二年越しの友人だった。ドイツ語学校の夜間クラスで会ったとき、失業中だったオータムに以前ホテルに勤めていたことを知ったサリーが、今の仕事を世話してくれたのだ。

「クリスマスまでには式を挙げるつもりよ。でもいつになるかはわからないわ。家が出来次第ね」サリーはあくびをして腰を下ろす。「ここじゃほんと、何もかものんびりしてるんだもの。すっかりそのペースになっちゃったわ。人にかしずかれるホテル暮らしって最高ね。やめられなくなりそうよ」

「そうね、そのとおりだわ」

ホテルがオープンしてからまだ三カ月だったが、オータムはオープン当初から島に滞在していた。ハリケーンの襲来で完成が遅れている施設もまだいくつかある。オータムはもっぱらロンドンのオフィスとの連絡係を務めてきた。三日前にアランが来るという連絡が入ったとき、オータムはいろいろな意味でほっとしたものだった。工事担当者たちと交渉する責任を、それまではオータムひとりが担っていたからだ。島には飛行場がないので、資材はすべて船で運んでこなければならず、工事には莫大《ばくだい》なお金と、長い時間がかかっていた。

「アランはお客様を迎えに行ったわ」わかっていることを、サリーはわざと口にする。

「こんなに早く交渉が出来るなんて予想外だったわね。だからこそ彼、あわててロンドンから来たんだわ」

「その出資者っていう人だって、いちおうはこの島を見ておきたいと思ったんでしょう？」

「うーん、そうね。でも、どんな人なのかしら？」

「あなたのリックから乗り換えるつもり？」オータムがからかう。

サリーはわざと怒った顔をして首を振り、日焼けしたオータムの細い体をうらやましげに見やった。

「あなたがアランと一緒にお客を出迎えなかったのは正解よ。そんななりで出迎えられたら、その人が心臓発作を起こすわ。そのビキニ姿、まるでさあ襲ってくださいと言わんばかりだもの」

オータムは顔をしかめて座り直した。「それほど大胆なビキニじゃないと思うけど……」

「そりゃそうよ。でも問題はビキニじゃなくて中身なんだから」サリーは笑ってからかう。

「モデルにでもなったらいいのに」

「モデルになるには胸が大きすぎるわ」オータムはさらりと受け流して、まっ赤なコットンのビキニに包まれた自分の胸のふくらみに目をやった。「それに、モデルって大変な仕事らしいわ」

「ああら、すてきな男の人とめぐり合うチャンスも多そうよ」

「そうね」オータムが沈んだ声を出したのに気づいて、サリーが心配そうなまなざしを投げた。

「もう過去は忘れるって約束したはずでしょ。あなたはまだ二十二なのよ。もう一度やり直す時間はたっぷりあるわ」

オータムはほほえんで見せたけれど、その微笑は心なしかゆがんでいた。「結婚に失敗したっていう事実は、そう簡単には消えないものよ。箱に入れて押し入れの奥にしまって、きれいさっぱり忘れるっていうわけにはいかないわ。あんなこと、二度と繰り返したくない……」

「あなたにふさわしい人が現れても？」

「ふさわしい人なんているはずがないわ」オータムはにべもない。「合わない人ならいくらだっているでしょうけど」

サリーはオータムが結婚に失敗していることは知っていたが、相手がどんな男だったのか、オータムが過去にどんな生活をしていたのかはほとんど知らなかった。ただその結婚でオータムが深く傷ついたことだけはよくわかっている。過去のことを口にしたがらないオータムの気持を、サリーはいつでも尊重してきたが、今はきかずにはいられなかった。

「ふうん、ずいぶん傷つけられたのね。いったい何があったっていうの？」

「話すようなことは何も……」オータムはあいまいにほほえんで言葉をにごした。「わたしが間違っていただけのことよ」

「結婚したこと？　それともその人を愛したことを言ってるの？」

オータムは自嘲《じちょう》するような笑いを浮かべる。「どっちでもないわ。彼がわたしを愛してくれているって思ったのが間違いだったの。それだけ」オータムはそう言うと立ち上がった。

「その髪も、日焼けしてほんとにいい色になったわね。うっとりしている男性がたくさんいるわよ」サリーが巧みに話題を変える。

「そうなの、ここへ来てからどれくらいヘア・コンディショナーを使ったと思う？　日光と潮風は髪には大敵だわ。だいぶ傷んだから、切ってしまおうかと思ってるのよ」

ホテルには国際的に名を知られたヘア・サロンが入っている。オータムは肩まであるブロンドの髪に触れて毛先の傷み具合を調べた。

「わたしがあなたのライバルだったらすぐに賛成するけど……でも決まった人がもういるから忠告してあげるわ。そのままにしておきなさい。似合ってるし、長いほうがずっとセクシーよ」

オータムは顔をしかめた。サリーはほめたつもりだろうが、〝セクシーだ〟と言われるのはうれしくなかった。むしろ、男の関心を引こうとしていると言われているようで、いやな感じがするのだ。短い結婚生活だったけれど、あのときのつらい体験は一生忘れられない。そうよ、あれほどの人に叩《たた》きこまれた教訓ですもの――もちろん、当時のオータムはまだ若くて、そして若いがゆえに何もわかっていなかった。もう男性はこりごり……その気持が強くて、オータムはこの何年かは、恋愛とか情熱とはいっさい縁のない生活をしてきた。かつて自分をめちゃめちゃにした、そういう感情を押し殺さずにはいられなかったのだ。

浜の方を見ていたサリーが声をあげた。「アランが帰ってきたわ！　もう少し近くまで来れば、お客の顔が見えるのに！　早くどんな人なのか見てみたいわ」

オータムは肩をすくめた。「年齢五十歳。太鼓腹で、髪が薄く、それでいて自分は女にもてると思ってるような男。どうせそんなところよ」

「ずいぶん辛らつなのね。とにかく、わたしは夕食のときにはぴったりアランのそばにいるようにって命令されてるの。アランは、お客があなたのその魅力に、ふらふらっとなるのを期待しているわ」

「わたし、利用されるのは困りますって言ったのよ」

「知ってるわ。わたしもアランに言ったの。だからね、アランのコテージでわたしたち三人が話をしながら一杯やって、その後あなたも入れた四人でレストランで食事をするってことになったのよ。だからあなたにそれを言いに来たの。食事は八時ごろからだから、コテージには六時半に来てほしいって。彼、あなたの力を借りたがってるわ」

サリーの巧みな説得ぶりに、オータムは思わず微笑した。それでもお客の目の前でうろうろすることを思うと、どちらにしても気が重い。オータムはアランが好きだったし、恩も感じていたけれど、どんなことがあっても自分のプライドは捨てたくなかった。

「また後でね」とサリーが立ち上がった。「数字をタイプしてバンガローに持ってこいって、アランに言われてるの」サリーは心配そうに顔を曇らした。「この話がうまくいくといいけど。ここまで来てこの島から手を引けって言うのは酷だわ。アランはお金をすっかりこの島に注ぎこんでるんですもの」

「わたしも出来るだけのことはするわ。ただし、おとりに使われるのだけはいやよ」

「わかってるわ。でもね、アランはそれほどえげつないことを企《たくら》める人じゃなくってよ。あなたがほんのちょっとお客をおだててくれることを期待しているだけだわ」

「そのお客って、どういう人なのか知ってる?」

サリーは首を振る。

「全然知らないの。アランは用心深い人だから、まだ決断を下していないことについては教えてくれないのよ。こういう取り引きには陰謀がつきものだってことはあなたも知ってるでしょ。実業家ってみんなスパイなんじゃないかって思うことがあるわ」

バーにはそろそろ夕食前の食前酒を楽しもうとする客たちが姿を見せ始めていた。顔見知りのオータムにあいさつしていく者もいる。

コテージに帰る途中、オータムは掲示板の前で足を止めた。二週間に一度の割で会社が主催している島めぐりのツアーに希望者が集まっているのを見てほっとする。

コテージに戻って時計を見ると五時半だった。後一時間しかない。あまり堅苦しい格好をするのはやめておこうと思いながらワードローブを開き、シクラメンの花の色をしたシルクのツーピースを取り出しておいて、シャワーを浴びに行く。

冷たいシャワーがほてった肌に心地よかった。タオルで体をふきながら大きな鏡に全身を映してみて、オータムは顔をしかめて目をそむけた。結婚に破れた直後は、自分の体を見るのもいやだった。心を裏切った体が憎くて、痛めつけたい思いにかられたことさえあった。あのころはわざと汚い色の、体の線が隠れるようなだぶだぶの服ばかり着ていた。今ではさすがにそんなことはしなくなったけれど……。

ドライヤーに手を伸ばしながら、オータムは弁護士から受け取った手紙のことを思い出していた。結婚後一年で家を出てしまったのだけれど、夫の同意なしに離婚を成立させるためには、結婚してから最低五年はたたなければならなかった。家を出て二年だから、後二年しなければ離婚訴訟は起こせない。オータムは地肌がひりひりするほど乱暴に、髪にブラシを当てた。どうせ再婚するつもりは毛頭ないのだから、後二年待つのはどうということもないけれど、離婚が成立するまではどうしても過去に縛られている気持がぬぐいきれない。どちらにしても結婚前の無邪気な自分に戻れるはずはないのだ。たとえ紙の上だけにしろ結婚の束縛から解放されていない事実は、オータムの心に重くのしかかっている。胸の奥の傷はいまだにぽっかり口を開け、血を流し続けていた。自由の身になりたいという思いは、オータムにいつも煉獄《れんごく》にいるような苦しみを味わわせていた。もちろんそれは他人にはわからない、オータムしか知らない苦しみだったけれど。夫の家を出てきたとき、オータムは過去の記憶の扉をぴったりと閉ざし、錠を下ろして、その鍵《かぎ》を捨てたつもりだった。後二年……。彼に会って、自由の身にしてほしいと頼んでみようか？　いいえ、いや！

シクラメンの花のピンク色は、日焼けした肌によく似合った。鮮やかな色のせいで、ブロンドがいつにも増して輝いて見え、瞳は青みを増して見える。しなやかな布地が長くてほっそりした脚に、悩ましげにまとわりついている。短いキャミソール型のトップの胸もとは大きくくれて、胸の丸みを強調していた。

島では誰もが気楽な装いをしていた。オータムは素足に同じシクラメン色のサンダルをはき、軽く香水をスプレーして、口紅の代わりにリップ・グロスだけをつける。頬骨が高い、ほっそりした顔立ちの割に唇が目立ちすぎるとずっと自分では思っていたのだけれど、ロンドンに出てきてから初めて、男たちがそんな自分の唇をセクシーだと思っていることに気づいた。それ以来、口紅はつけずにほとんど無色に近いグロスだけを塗るようにしている。ただ最近になって、自分がセクシーであることが前ほど気にならなくなっていた。ほかの人がどう思おうとかまわない。大切なのは自分がどう思うかだ。ほかの人の意見はともかく、いつも自分で自分にプライドを持っていたい。

歩くたびにシルクの服が衣《きぬ》ずれの音を立てた。暗闇《くらやみ》の中で、波の打ち寄せる音だけが高い。

アランのコテージのドアを開けると、サリーが顔を上げてほほえみかけた。アランは椅子に浅く腰を下ろし、全身で向かい側に座った男に注目している。瞳はいらいらした気持を映してはいるが、獲物をねらう猟犬のように真剣な表情で、身ぶり手ぶりを交えて話をしていた。二人の間の机の上には、書類が広げられている。

サリーはオータムに自分の飲んでいたのと同じラム・パンチを注いでくれた。テーブルの上に大きなジョッキが載っている。それを取り上げようとサリーが身をかがめたとき、オータムは初めて客の方に視線を向けた。

驚きと恐怖が胸の奥から突き上げてきた。体が震え出す。震える両手をぎゅっと握り締めて背中に隠さなくてはならなかった。男のシルクのシャツの首筋に、カールした黒い髪が触れている。ジャケットを脱ぎ捨てた背中は、細いけれども引き締まった筋肉質であるのが見て取れた。

アランが話すのをやめ、代わって男が話し始めた。オータムは悪夢を見る思いだった。冷たい、てきぱきとした口調を聞くまでもなく、それはオータムのよく知っている声だった。どこか相手を軽蔑《けいべつ》しているような、あの声……。

「それじゃ、ハリケーンさえなければすべては順調だった、と、そうおっしゃりたいんですね。しかし、こういう島をハリケーンが襲うことは、当然想定しておくべきことじゃありませんか？」

アランは日焼けした顔を赤らめて、口ごもった。

相手を追いつめるその口調は、オータムが忘れたくても忘れられないものだった。その後でどうなるか、オータムにはよくわかっていた。アランはじりじりと言い負かされて、冷酷なまでに叩きのめされることになるのだ。恐怖と嫌悪で気分が悪くなり、オータムは逃げ出したい衝動にかられた。そのときアランが初めて顔を上げた。オータムの姿を認めて、アランの瞳にほっとしたような、油断はならないぞ、というような色が浮かんだ。アランは立ち上がると、オータムを招き寄せる。

「オータム、ヨーク・レインを紹介するよ。レイン航空の社長だ」

素知らぬふりはしているけれど、アランがオータムとヨークの関係を知っているのは明らかだった。オータムは冷ややかな笑みと共に片手を差し出した。「あら、ヨーク」

茶番劇に一枚かむのは真っ平だった。サリーがびっくりした顔で見ている。サリーが何も知らないのが、せめてもの慰めだった。

ヨークの緑色の瞳にどんな表情が浮かんでいるのか、見るまでもなかった。ヨークはいわゆるハンサムではない。ハンサムと呼ぶにはあまりにも男っぽい顔立ちだった。まるで彼の性格を反映しているような荒けずりな顔立ち。アランは確かに大きな獲物を釣り上げたわ。おとりに使われたのはこのわたし……？

ヨークが冷ややかな視線をオータムにはわせる。絹のツーピースを射抜いて、その下の裸の体を見ているような目だった。そんなヨークを、オータムは軽蔑をこめた瞳でじっと見返した。彼のこの瞳に見つめられて、体に火のつく思いを味わったこともあった……。

でもあのころは、彼の視線の裏に隠された冷たさには気づかなかった……。

ヨークは物心ついたときから女にもてたようだ。オータムと会ったときの彼は、女のことなら何もかも知りつくしていたと言ってもよかった。

「さて、そろそろレストランへ行くかな」あわてたようにアランが言う。「話は腹ごしらえがすんでから、またゆっくり」

アランが立ち上がるのを待たずに、オータムはさっさとコテージを出た。サリーはわけがわからないといった表情でいる。ヨークがじっとオータムを見ているのがわかった。オータムは目を伏せる代わりに、軽蔑をこめた微笑を浮かべて見せた。どんなに厚かましいドン・ファンをもすくませてしまうような、冷たいほほえみだったけれど、それもヨークにかかっては歯が立たなかった。反対にヨークにぞっとするような目でにらまれると、心のまわりに築いたバリケードが崩れていく。不安な予感におびえながらも、オータムはもう一度かすかな笑みを浮かべてアランに視線を移した。サリーが緊張した低い声でヨークに何か答えている。れっきとした婚約者のいるサリーですら、ヨークの男らしい魅力に無関心ではいられないらしい。

外に出たアランがヨークと話し始めたすきに、サリーがささやきかけた。「いったいどうなってるの、オータム？　幽霊に会ったみたいな顔で彼のことを見てたじゃないの」

「それどころじゃないわ」苦々しげにオータムが答えたとき、ヨークが長身を折り曲げるようにして振り向いた。闇の中で白い歯が光っている。

「君はなんて愛情深い妻なんだ」サリーにも聞こえるような声で、ヨークはわざと甘くささやいた。「僕ははるばるここまで君を捜しに来たんだよ」

ヨークは再びアランの方に向き直った。サリーはぽかんと口を開けている。

「いったいどういう……」青い顔をしているオータムに、サリーはやっとのことで言う。

「まさか、あの人があなたの……」

ヨークの魅力は相変わらずだわ。わたしが結婚してひどい目にあったことを充分承知してるはずのサリーですら、こんなすてきな人と別れるなんてどうかしている、という目でわたしを見ている……オータムは心の中でため息をついた。でもサリーを責めるのはおかど違いだ。このわたしだって、かつてはヨークの魅力にふらふらとなってしまったんですもの。オータムはみんなから遅れて、ひとり後からついていった。ヨークはサリーの腰に手をまわしながら、オータムの前を歩いていく。

「すまないと思ってるんだよ、オータム」アランが歩みを遅らせて、オータムの耳もとでささやいた。「ほかにどうしようもなかったんだ。初めは彼が君の旦那《だんな》さんだなんて知らなかった。ヨークはこの島に投資することに乗り気だったんだが、話を進めるうちに彼が思っていたほどこっちの条件がよくないのがわかってね。すると彼は君に会わせることを交換条件に持ち出してきたんだ」

「あなたはその圧力に負けて、わたしを飢えた狼の前に差し出したってわけね？」怒りを表すまいとしても、つい声に出てしまう。ヨークを見たとき、幻覚を見ているのではないかと思った。悪い夢でも見ているのではないかと……。彼がよりを戻したいと思っているはずがない。オータム同様、正式に別れたがっていたはずだった。家を出て以来、オータムは旧姓に戻っていた。彼がこれまで、オータムの行方を捜していた形跡はない。なのに今さらなぜ？

「ヨークはただ君と話したがっているだけさ」アランはぶっきらぼうに続ける。だがオータムは耳を貸さなかった。

「彼が誰だか知っていて、わたしに彼の接待役を押しつけようとなさったのね」

「口止めされていたんだ。とにかくヨークが手を貸してくれなければ、僕はもう破滅なんだよ。ね、お願いだ。君にこんなこと頼めた義理じゃないのは承知しているが、今の僕にとってはこの島がすべてなんだ。経済的にも、別の意味でも……。すべてはヨークの考えひとつにかかっているんだよ」

「お二人さん、早く」とサリーが呼んでいる。「ぐずぐずしないで！」

レストランで、ヨークはほとんどオータムに目もくれなかったけれど、オータムのほうは痛いほど彼を意識していた。なぜヨークはわたしを捜し出そうとしたのかしら？　離婚するため？　オータムの心臓は、激しく打っていた。てのひらもじっとりと汗ばんでいる。

でも離婚の手続きなら、本人同士が顔を合わせなくたって出来たはずだ。

それにアランだって、あんまりだわ。こうなってしまったら、わたしがとてもこの島にはいられないってことがわからないのかしら……。無理もないのかもしれない。彼は仕事のことで頭がいっぱいなんだから。ヨークはそれをうまく利用したんだわ。

そこはすばらしいレストランだった。溶岩をくり抜いた半地下にあり、ホテルの本館とは湾を隔てて向かい合っている。

内部はこの上なく豪華に作られていて、海底へと伸びていた。巨大なガラス窓の向こう側には、さんご礁の世界が広がっている。海底のありさまが巧妙な照明で照らし出され、客たちは食事やダンスを楽しみながら、海底にいる気分を味わえるのだった。

このレストランはホテルのメイン・ダイニングルームよりもさらに高級なムードだったから、お客たちもそれにふさわしく着飾って食事を楽しんでいる。

ヘッド・ウエイターがうやうやしく近づいてきた。彼はもちろんアランに気づいたけれども、ヨークの方に向かって深々と頭を下げ、席の好みをきいた。

四人はダンスフロアに近い一角に席を占めた。そこからは海底もよく見える。バンドが静かに曲を奏でていた。オータムはリラックスしようと努めた。さっきまではあまりのことにただ呆然《ぼうぜん》としていたけれど、驚きが去った今ではショックのほうが強かった。レストランの中が薄暗いのが、せめてもの慰めだった。

だがヨークは意外なことに、オータムを無視してサリーやアランにばかり話しかけている。オータムはじっと目の前に置かれたワイングラスを見つめていた。サリーがヨークの冗談に笑い声を立てる。ヨークの低い男らしい声に、わたしが胸をときめかしたのはずっとずっと昔のこと。彼に見つめられて体がほてるような気がしたのも、ほんのちょっと触れられただけで身内に電流が走る思いを味わったのも……。

ヨークは今年で三十四になるはずだけれど、三年前に初めて会ったときと少しも変わってはいなかった。ディナー・スーツに包まれた体はがっしりしてはいるがしなやかである。髪は黒々として、油断のない整った顔つき。いつも身構えているようで、すきあらば獲物に飛びかかろうとする猛獣を思わせる。常に人より一歩先んじていなければ気のすまない人だった。

ここまでになるには、彼がつらい人生を送ってきたことを、オータムは思い返していた。ヨークの父はかなり手広く事業を営んでいたようだが、遺言でヨークには何ひとつ残さなかったらしい。ヨークはそんな父を恨んでいたという。

ヨークが仕事に野心を燃やしたのは、父の仕打ちへの反発からに違いなかった。ヨークは事業に打ちこんで、今やヨークの航空会社は世界的に有名になった。

ウエイターがオータムの前にロブスターの皿を運んできたが、オータムはとても手をつける気になれなかった。ヨークがオータムに視線を向けた。オータムの背筋にぞっとするものが走る。

彼の目的は何？　オータムは心を静めようと、ぎゅっとこぶしを握った。

オータムはほとんど手をつけていないロブスターの皿を押しやった。

「何か心配事でも？」尋ねたヨークに、オータムはそっけなくほほえんで見せた。

かつてのオータムなら、とてもそうは出来なかっただろう。昔のオータムは、あらゆる意味でヨークに振りまわされていた。皮肉を言われればすぐにも泣きそうになったし、逆にやさしくされると、体がかっと熱くなるのだった。愛されていると思っていたけれど、ヨークには愛情のかけらもないことがわかったのは、結婚した後のことだった。それ以来、結婚生活は地獄になった。なぜならオータムの体は、いつもオータムの心を裏切ろうとしたからだ。

アランもサリーもすっかりヨークの魅力に参ってしまったらしい。かつてのオータムのように。でも今のわたしはだまされないわ……。ヨークがオータムに笑いかけたけれど、オータムはそっぽを向いた。

男たちが仕事の話を始めると、サリーがテーブルに身を乗り出すようにして話しかけてきた。「その服、すてきよ。まわりの女性はみんな、あなたにやきもちをやいてるし、男はベッドの中のあなたを想像して胸をときめかしているわ」

サリーのあけすけな物言いには慣れていたけれど、オータムはさすがに頬を赤らめ、そっとヨークの方に目を走らした。

「そのとおりさ、オータム。君がどれほどいい女だったか忘れかけていたよ」ヨークがからかった。

「いざとなったら、きっとがっかりするわ」ヨークの視線をわざと正面から受け止めて、オータムは言った。ヨークはその視線をはずして、あからさまにオータムの体を見る。オータムも負けじとヨークの体に目を向けた。

だがヨークは少しもひるまなかった。わざとぶしつけな視線をオータムにはわせ続ける。形勢はどう見てもオータムに不利だった。上の空でアランに話しかけてオータムは内心の動揺を隠そうとした。

ヨークと同じ部屋にいるだけで、ぐったり疲れてしまう。ヨークには不思議な磁力があった。彼は自分の優位をおびやかす者には、容赦なくその力をふるうのだった。

シェフが特に選んだ料理が運ばれてきたけれど、オータムは何を食べたのかも覚えていなかった。やがてダンスが始まった。不安で胃のあたりがきりきりと痛くなってくる。ヨークと踊るなんて……。考えただけでも気分が悪くなりそうだ。

アランにダンスを誘われたとき、オータムはいやとは言えなかった。

ダンス・フロアはかなり混んでいた。やがてヨークとサリーも踊り出した。オータムは踊りながらも、背に注がれるヨークの視線を痛いほど感じていた。

曲がロマンチックなものに変わった。オータムは席に戻りたい、とアランにささやいた。

「僕のことをまだ怒ってるんだね」オータムの背に手を当ててエスコートしながら、アランは言った。「ほかにどうしようもなかったんだ。でも僕がだめだと言ったところで、ヨークは君に会いに来ただろうよ。彼はそういう男さ」

「ひと言教えておいていただきたかったわ」淡々とした口調で、オータムは言い返した。「わたし、トラベル・メイツをやめます。そうせざるを得ないでしょう?」

アランはののしりの言葉を吐くと、それから黙りこんで、踊っているサリーとヨークを見やった。

昔だったら、ヨークがほかの女性と踊っているのを見ると、とても平静ではいられなかった——とオータムは思った。だが今は何も感じなかった。オータムの感情はすっかり凍りついているのだ。そしてこれから先もそうであってほしいとオータムは願っていた。

音楽がやみ、サリーとヨークは体を離した。オータムには、ヨークの考えていることが手に取るようにわかった。彼はわざとサリーと踊ったのだ。わたしの気を引こうとして——かつてのように。

オータムはバッグを手にして立ち上がった。化粧室でグロスをつけ直し、髪をとかした。ぼんやりと鏡の前に座っているとドアが開く気配がした。ぎょっとして振り返ると、心配そうな顔のサリーだった。

「大丈夫?」

「忘れてしまいたいと願っていた過去を暴かれた人間にしては、大丈夫なほうだわ」

サリーは気の毒そうにほほえんだ。「たいした過去だこと!」

「わたしだったらあんな夫を手放したりしない、そう言いたいのね?」

サリーはその口調に含まれた皮肉を敏感に感じ取って、首を振った。「あなたのこと、少しはわかってるつもりよ。確かにヨークがあなたの旦那さんだったのは意外だったわ。あんなすてきな人だなんて想像してなかったもの。でも彼が冷酷な人だってこともわかるわ。決して敵にまわしたくないような人ね。アランがあなたに何も言わなかったのはひどいと思うわ。それもヨークの差し金ね?」

オータムはうなずいて見せる。

「言うとおりにしないとトラベル・メイツをつぶすって、ヨークに脅されたようね」

「どうするつもり?」

「出来るだけ早く島を出るわ。ヨークが何を望んでいるのかわからないし、知ろうとも思わないわ。わたしはとにかく彼と別れたいの、それだけよ」

「今夜一緒に泊まってあげましょうか?」サリーが心配そうに言ってくれた。

「いいの。心配してくれてありがとう」

オータムは外に出て、新鮮な空気を胸いっぱいに吸いこんだ。頭の中は、どうやって逃げ出そうかということでいっぱいだった。明日は島めぐり観光ツアーにつき合わなければならないけれど、あさってはセント・ルシア島からロンドン行きの飛行機が出る。とにかくそれに乗ろう。ロンドンに着いてからのことは、また後で考えよう。とにかく、ヨークから出来るだけ遠くに逃げ出すこと――それだけしか考えられなかった。

## 2

とてもすぐにバンガローに戻る気はしなかった。オータムは浜に出ると、サンダルを脱いで片手に持ち、濡《ぬ》れた砂の感触を裸足《はだし》の裏に快く感じながら、海岸線に沿って歩いていった。広々とした海を前に、いやなことをすべて忘れてしまいたかった。打ち寄せる波の音が、胸の中で複雑にうず巻く感情を洗い流してくれないだろうか。そのまま海の中に入ってしまいたい衝動を覚えながら、オータムはただ歩いた。

やがて海に背を向けたオータムは、やっとコテージに戻ってきた。キーを差しこみ、ドアを開ける。

一歩中に入ったオータムは、危険を感じ取っておびえた猫のように立ちすくんだ。薄暗い部屋の中に、たばこの香りが漂っている。なつかしい香り……。窓辺に誰かが立っている。

やがてその人影はつかつかと近づいてきた。そして彼女の腕を取るとぐいと引き寄せ、素早くドアをロックしてしまう。

「逃げ出す余裕のあるときは戦おうとはしないんだな」

「逃げ出したんじゃないわ、ヨーク」オータムはわざとそっけなく肩をすくめて見せた。

「疲れたから戻ってきただけよ。もうベッドに入りたいわ」言ってしまってから、オータムは舌打ちしたい思いだった。闇《やみ》の中で、ヨークの瞳が銀色を帯びた緑に光った——それは海を思わせる色、獲物をじっと待ち構える猫の目だ。

「僕もそう願いたいな」ゆっくりとヨークが言う。

「ひとりでってことよ」オータムはきっぱりとはねつけた。「ひとりで眠るほうがずっと好きだわ。特にこんなに暑いときはね」オータムは持っていたサンダルを床に落として、ゆっくりと片足ずつはいた。少しでも背が高くなれば、威圧的なヨークに対抗できるような気がする。それでもオータムの背丈はヨークのあごにも届かなかった。ヨークは落ち着き払ったオータムの応対に、明らかに驚いている……。もちろん顔に出さないようにしてはいるけれど。そのことに気づいて、オータムは内心満足感を覚えた。昔のわたしだったら、ここでかっとして、これ以上彼を近づけまいと身構えているところだ。

「へえ、まさかあのアランとは……?」

「そんなこと、あなたと関係がないでしょう」オータムは冷たく言って、電気をつけようと手を伸ばした。

彼が思わず息をのんでいるのがわかる。怒ったのだ——とうとうこの人を怒らせた。昔はいつだって負けるのはオータムと決まっていた。ヨークはいつもすきのない論理と、堅固な意志でオータムを打ちのめしたものだ。結局折れるのは、ヨークを愛しているオータムだった。でも今は違っている。

「奴と寝たのか?」ものすごい力でオータムの手首をつかんで、ヨークがかみつかんばかりにきいた。

「彼にきいてみたら?」ヨークの自尊心がそんなことは許さないのは充分承知の上で、オータムは言い返した。

オータムは思わぬ成功に、すっかりうれしくなった。思ったよりずっとうまくいっている。長い間会わなかったから、彼をもっと手ごわい人のように思っていたけれど、この二年でわたしも青くさい少女から大人の女性に成長したのだ。

「さあ、もう出ていって」オータムは冷たく言う。

「ほかの男ならそっけなくされて引き下がるところだろうが」手首を握っているヨークの手に力がこもった。「僕はそうはいかない。外見は氷みたいに冷たくても、ほんとはそんな女じゃないことを知りすぎるほど知ってるからね。それにこの程度じゃ、まだまだめげやしないさ。君のそんな態度は見せかけだけだってこと……」ヨークはそこで声を落とし、あからさまな視線をオータムにはわせた。

オータムは呼吸を乱すまいと、必死で息を整える。

「僕も君もお互いよく知ってるはずじゃないか」

「いったいなんのご用？　用があったらさっさと言って、帰ってください」

ヨークの瞳の色が暗くなる。とうとう本気で怒ったのだ――彼を本気で怒らせるとどうなるか、オータムは身にしみて知っていた。ヨークはあざけるような笑いを浮かべ、それでいて瞳に残忍な光をたたえて、親指でゆっくりとオータムの手首の内側をなでた。柔らかい肌の上を、滑るように……。

「君がほしい」

かつてのオータムだったら、一も二もなくヨークの腕の中に身を投げかけていただろう。愛の行為が二人の間の溝を埋めてくれるのを期待して。だがオータムは大きく息をついて、じっとヨークを見つめるだけだった。その瞳にはなんの表情も浮かんではいない。

「わたしはいやよ」

ヨークがすっかり面くらっているのを、オータムは感じ取った。ヨークはそれでも素早くそんなそぶりを隠して、無表情にオータムをじっと見下ろす。

「へえ、君もずいぶんと成長したものだな」ゆっくりと彼は言った。「君を知らない者には、その固い殻の下にどんなにおいしい実がひそんでいるか想像もつかないだろうな」

オータムは乾いた笑い声をあげた。細く白い首を、挑戦するようにのけぞらせて、彼を見上げる。

「あなたこそ、わたしのことを何も知らないわ、ヨーク。二年もたってるのよ。殻だけが固いのじゃないわ。わたしの中身も、すっかり変わったのよ。どうやってアランを丸めこんだのかは知らないけど、わたしは今夜限りでトラベル・メイツをやめるわ。島を出ていくの。これで用はすんだはずよ」

「君はどこへも行きやしないさ。僕がそうはさせない。それに言っておくが君は自分で言うほど変わってはいない。君のことなら、僕はなんでもお見通しなのさ、本当はどういう女なのか……」

　オータムはまたほほえんで見せた。

「それは違うわ。あなたは昔のわたしのことならなんでも知っていた。でも昔のオータムはもういないのよ。今のわたしのことを、あなたは何ひとつ知らないわ」

「それじゃ、これからゆっくり知ることにしよう……」ヨークの息遣いが荒くなった。オータムは素早く飛びすさり、窓の方に逃げる。

「わたしたちの結婚生活は終わってるわ。わたしがほしいのは自由よ」

「じゃあ、それを君にあげよう」

　ぱっと振り向いて、オータムはヨークを見つめた。

「離婚してくださるの？」

「条件次第ではね」

「どんな条件？」思わずオータムはきき返した。

「君はやっぱり変わってない」ヨークがからかった。「昔どおりにせっかちだ。君に家に戻ってほしいんだ。妻として僕と一緒に暮らす——それが条件だ」

あまりにも馬鹿げたその条件に、オータムはつい我を忘れて叫んだ。「一緒に住んですって？　どこに？　あのナイツブリッジのフラットに？　あそこは家とは言えないわ。あなたは一カ月に一度帰るのがやっとだった……。後は仕事、仕事で留守ばっかり。いやよ、あそこで暮らすなんて。もう一度牢屋《ろうや》に戻りたいと思う人なんていないわ！」

「君は僕らの家庭を牢獄だと思っていたんだね？」ヨークは苦々しい笑みを浮かべた。日焼けした肌が赤黒くなっている。

傲慢《ごうまん》な人。いつだってわたしを言いくるめてしまうんだわ——オータムは腹立たしく思いながら、じっと外の闇に目を凝らした。この二年のうちに、オータムは過去に対して武装するすべを身につけていた。心の中に高いへいを築き上げて、何もかもをその中に——過去の自分自身までも押しこめてしまっていた。今ヨークはそのへいを壊そうとしている。

「あなたが本気でわたしたちの結婚生活を反省したことが一度でもあって？」オータムは厳しい口調で言い返した。「わたしが家を出なかったら、あなたのほうから何かの手を打っていたわ。そのことは二人共よく承知してるはずよ。あなただって、二人の結婚は失敗で、わたしみたいな妻にはうんざりしているって言っていたじゃないの。代わりの妻ならほかにいくらでもいるって言ったわ」

自分で自分の言葉に胸が痛くなる。忘れようとしていた思い出が、一気によみがえってきた。それを振り払うように、オータムは反射的に心を閉ざした。

「なぜわたしが家を出ても、離婚の手続きを取らなかったの？」

「なぜそんなことをする必要がある？　妻がいると言っておくほうが、面倒くさくなくていいのに」

皮肉な言葉に、オータムは息をのんだ。

「でも、わたしなんか必要じゃなかった……わたしのことを愛してなかったわ……」

言わなければよかったと思ったが遅かった。それはオータムがいさかいのたびに繰り返していた言葉だった。そしてヨークは、一度としてオータムの言葉を否定してはくれなかった。

「君が必要なんだ」

「必要？」暗い瞳で、オータムはじっとヨークを見つめた。「あなたは誰も必要としない人よ……。いつだってひとりでやってきたことを自慢していたわ。わたし、やっと自分自身の生活を築き上げたのよ。わたしはあなたを必要としてはいないわ」

「君に必要なのは離婚の同意書だろう？　それをあげようって言ってるんだ。四カ月我慢したら、ね」

四カ月！　オータムは身を守るように、自分の体を両腕で抱き締めた。蒸し暑い夜なのに、冷え冷えとしたものが背筋に走る。短い結婚生活だったけれど、ヨークはいったんこうと決めたら是が非でも主張を押し通す男だということを、オータムは骨身にしみて思い知らされていた。そのヨークが戻ってほしいと言っている……でも、なぜ？

オータムはその疑問を思いきって口にしてみた。

「仕事のためだ」簡単な答えが返ってきた。

薄暗いので驚いた表情を彼に悟られずにすんだのが幸いだった。仕事？　二人がうまくいかなくなった原因のひとつが、そもそも彼の仕事だったのではないか。いや、結婚したこと自体間違いだったのかもしれない。ヨークはちょっと遊んでみるつもりだったのだ。まさかわたしがそんなにうぶだとは思わなかったのだろう……でもわたしはまだ十九だった、ほんの子供だった……。

オータムはため息をついて、ヨークの方を向いた。

「仕事ね」わざと皮肉っぽく、オータムは繰り返す。「あなたはちっとも変わってないのね」

「僕だって家が居心地よければ、もっとひんぱんに帰っていたさ」ヨークは残酷な言葉を吐く。「だがすぎたことを言っても仕方がない。大切なのはこれからのことだ。僕にサーの称号を与えてくれるっていう話があるんだ」わけのわからない顔をしているオータムに、ヨークは重ねて言った。「企業に貢献したため、とかいう名目でね」

オータムはよそよそしいほほえみの下に、内心の驚きを押し隠した。仕事の上では野心家だけれど、地位や名誉は求めない人だと思っていたのに……。

オータムの心を読んだように、ヨークはそっけなくつけ加える。「僕自身はそんなものをほしいとも思わないさ。だが会社のためには役に立つ。最近は航空会社も競争が激しくてね。ちょっとのことで大いに受けが違うんだ。そこで、問題はこうだ。僕がまじめに結婚しているとなれば、お堅い政府筋の連中の受けがぐっとよくなるだろうと忠告してくれる人がいたのさ。プレイボーイは好ましくないってことだ。だから僕には妻が必要なんだ」

かすれた声で、オータムはののしった。「そんなこと、ほかの女性に頼んだら？　そしてさっさとここから出ていって！」

ヨークは笑った。冷たい、乾いた笑い声だ。「君ともう一度ベッドを共にしたくて、僕がはるばるこんなところまで追いかけてきたとでも思ったのかい？　まったく、君の想像力は昔からたいしたものだったよ。それに僕にはせっかく妻がいるのに、なぜほかの女に頼む必要があるんだ？」

二人の目が合った。オータムは胸の奥からこみ上げてくる怒りを、やっとのことで抑えた。

「やめて。わたしはあなたの持ち物じゃないわ。戻る気はありません」

「怖いのかい?」ヨークがからかう。「君は少しも変わってないな。相変わらず、現実に直面するのが怖くて逃げてばかりいる」

オータムは言い返す言葉を探したけれど、本当は確かにヨークの言うとおりだった。

「あなたなんか怖いものですか!」言葉につまったオータムはやっとそれだけ言った。

「過去は過去よ、ヨーク」

「ところが本当はそうじゃない、だろう?」ヨークは穏やかに言う。「君は依然として僕の妻だ」いんぎん無礼な口調だった。「いくら否定してみても、その事実は変わらない。気に入らないだろうがね」

怒りと屈辱に、オータムは身もだえする思いだった。

「君は臆病《おくびょう》だ。現実に目をつぶれば、そこから逃れられると思っている。直面するのを避けてるんだ。それともほかにも怖いものがあるのかな? 口で言うほど、僕に無関心じゃないとか?」

「無関心?」怒りのために、オータムは青ざめていた。「わたしがあなたに無関心なはずはないでしょ、ヨーク。わたし、あなたを憎んでるの! 死ぬまで憎むわ! それでご満足?」次々と頭に浮かぶ言葉を手当たり次第に吐き出しながら、オータムは興奮のあまり息を切らしていた。瞳は憎しみでぎらぎら光っている。「出てって!」

ヨークに背を向けて、オータムは心を静めようと努めた。かつてはごんなけんかが日常茶飯事だった。すぐにかっとするオータムと、そんなオータムをあざ笑う、余裕たっぷりのヨーク。最後に折れるのは決まってオータムのほうだった。けれど、もうそうはいかない。昔のオータムはヨークに夢中だったから結局は彼に逆らえなかった。さんざんにプライドを傷つけられた今では、オータムも大人になり、そんな夫への子供っぽい忠誠心はなくしていた。それでも変にやさしいヨークの声を聞くと、かつての心の痛み——仕方なくヨークに謝った後で感じる情けない思い——がオータムの心によみがえってくる。

「わたしをいじめておもしろがるのは勝手ですけど、そうそうあなたの思うとおりにはいかなくてよ、昔とは違うんだから。もう昔のわたしじゃないのがわかるはずよ。後二年したら離婚の手続きが出来るわ。そうなったらあなたはどうしようもないのよ」

足音もなく背後にヨークが近づいていたのに、オータムは少しも気づかなかった。突然手首を取られ、がっしりした胸の中にかかえこまれて、オータムは体をこわばらせる。

「昔の君じゃないって？」ささやきながらオータムを抱き締めた。ヨークの唇が、オータムの喉をくすぐる。かつてオータムがその愛撫《あいぶ》にどうこたえたかを否応なく思い出させるような、自信に満ちた態度だった。

オータムの口の中はからからになり、体は固くなっていた。過去にこのやり方で、何度ヨークに降服するはめになったことか……でも今度はそうはいかない。

身も心も固く閉ざしたオータムに、ヨークはとうとう怒りを爆発させたらしい。それまで余裕たっぷりだったヨークが本気で腹を立てたのを、オータムは敏感に感じ取った。喉もとに押し当てられた唇に突然力がこめられる。そしてヨークの唇はオータムの唇の上に重なり、固く閉じられた唇を押し開こうとする。オータムは大きく目を開けたまま、じっとヨークの顔を見ていた。彼の瞳が怒りで曇るのがわかった。

憎悪に瞳を燃え立たせて、ヨークはとうとうキスをやめて顔を離した。

「それでおしまい？」勝ち誇ってオータムは言う。

「そうじゃない」ヨークは再び唇を押し当ててきた。オータムは身を固くして、ヨークの腕の中で人形のようにじっとしていた。ヨークのキスは続いている。オータムを罰するような、心の中を探るようなキス。古い傷跡がえぐられ、新しい血が流れ出す。オータムは爪が肌に食いこむほど固くこぶしを握り締め、意地でもなんの変化も見せまいとしていた。ヨークはののしりの言葉を吐いてオータムを放し、押しやった。怒りに頬が紅潮している。

「どうだい、たっぷり楽しんだろう？」

「いいえ、ヨーク。侮辱されて喜ぶ女なんていないわ。わたし、大人になったのよ。これでわかったでしょ、わたしが二度とあなたの妻に戻れないこと」

「四カ月先に叙勲者のリストが発表されたら、すぐに別れると言っても？　僕に妻さえいれば、叙勲者の仲間入りが出来る公算はあるんだ」

オータムは思わずヨークを見た。

「よく考えるんだね。君にとっても条件のいい話のはずだ。訴訟を起こせば、法廷で古傷をほじくり合うことになる……他人の前でね。君だってそれよりは四カ月だけ辛抱するほうがいいだろう。叙勲者のリストが発表されたら、結果の如何《いかん》にかかわらずすぐに離婚に同意するって約束するよ」

ヨークが本気で言っていることは、オータムにもわかった。確かに法廷での泥仕合いなどごめんだった。

「君は別れたいんだろう？　なんなら、念書を書いておいたっていい」

「もちろんそうしていただきます」

「それじゃ、同意するね？」

同意するしかなかった。この先二年間も過去を引きずったまま生きて、その挙げ句に法廷で醜い争いを演じるよりも、四カ月間我慢するほうがはるかにましに思える。四カ月後には自由の身になれるのだ！

オータムは大きく息を吸いこんで言った。「いいわ。でも条件が二つあります。叙勲者のリストが発表されたら、すぐに離婚すること。それから、アランの事業に出資してくれること」

「条件はそれだけかい？　君のベッドに入っていかないこと、という条件はつけないんだな？　昔はなんと言っても、それが何よりの仲直りの方法だったのを、忘れてはいないだろう？」

ヨークの言葉は、忘れたいと思っていたことをオータムに思い出させた。オータムは、心の動揺を顔には出すまいとして息を整えた。これ以上つけ入るすきを見せてはならない。

「そのことは心配していないわ。忘れたの、ヨーク？　わたしが頼まない限り、二度とわたしとはそうならないって、あなたは言ったわ。わたし、たとえ死にかけていたって、あなたに水一杯くださいって頼むつもりはないわ」

ヨークの顔が蒼白《そうはく》になった。オータムが痛いところを突いたからだった。あのときのことを、最後にけんかをしたときのことを思い出すと、オータムの胸にも苦いものがこみ上げてくる。ヨークがあの言葉を吐いたからこそ、オータムは家を出たのだった。当時のオータムはヨークに夢中だった。彼を愛していたから、そのまま彼と暮らしていれば、彼の愛を請うようになるのは目に見えていたけれど、そこまで卑屈になる自分を見るのは耐えられなかった。だからこそ、オータムは逃げるように家を出たのだ。

「君の協力ぶりを、アランが認めてくれるといいがね」思いにふけるオータムの心に切りつけるように、ヨークが皮肉を言った。「それとも君が特に彼に肩入れする理由でもあるのかな？」ヨークの手がオータムの腕をなでる。そしてヨークはむき出しのオータムの腕に唇を押しつけてきた。オータムは表情も変えずにじっとしていた。腕に鳥肌が立つのがわかる。

「あなたにそうされるとぞっとすると言いたいところだけど」とオータムは静かに言った。「本当のところはそうじゃないわ」

ヨークが緊張するのがわかった。わたしがとうとう屈服したと思っているんだわ。

「何も感じないのよ」無表情にオータムは続ける。「あなたに対しても。それにほかの男性に対しても。アランも含めてよ。わたしをこんなふうにしてしまったのは……あなたよ」言いながらオータムはヨークから離れた。ヨークがさっきロックした部屋のキーを開ける音がする。

「この期に及んで逃げ出すなよ、オータム。ここでの話し合いが終わったら、一緒にイギリスへ帰るんだ」

オータムは返事をしなかった——出来なかったのだ。一度死んで、再び生き返ったような気がしていた。おそろしい目にあって、そこからよみがえったような気分だ……。

どのくらいの間窓辺に立ちつくしていただろうか。ノックの音に振り返ると、心配そうな顔のサリーが立っていた。

「ヨークが出ていくのが見えたの。どうしたの？」

「四カ月間一緒に暮らすっていう条件で離婚に同意したわ」オータムは事務的な口調で言

った。

「もう一度一緒に暮らしたら、あなたの過去を振りきれると思ってるの？」サリーは鋭く尋ねる。

「ある意味ではね。催眠療法にそういうのがあるのよ」

「自分のしてること、わかっているんでしょうね？　あなた、とても危険なことをしようとしてるわ」

「わたし、もう彼に何も感じないのよ」サリーと話してみて、改めてこれでよかったのだと思う。逃げていても解決にはならないのだ。それでも不安はあった。

「一緒にいてあげましょうか？」

オータムは首を振った。ひとりになりたかった。

窓から海を見つめていると、単調な波の音に心が洗われていく思いだった。フランス窓を開けて、オータムはベランダから外に出た。

この二年間というもの、オータムは本当の意味で自由になってはいなかった。もう一度ヨークとベッドを共にして、それでも何も感じないことを確かめるまでは、わたしは本当の意味で解放されないんだわ。本当に彼を拒絶出来る日までは……。

浜には人っ子ひとりいない。どこからか音楽が流れてくる。オータムは湿った砂の上を歩き出した。

オータムは海が好きだ――絶えることのない波の音に耳を傾けていると、揺りかごの中にいるような気持になる。オータムは波に洗われた白い貝殻を拾い上げた。木造小屋の横に、小舟が引き上げられている。それが波に揺れていた。

浜の先端が、さっき食事をしたレストランだった。黒々とした溶岩がそそり立ち、それをくり抜いてレストランが作られている。まわりにはうっそうと木木が茂っていた。オータムは流木に腰を下ろした。

ヨークのもとを去って以来、オータムは過去を忘れよう、忘れようとしてきた。でももう、そうはいかない。いよいよ過去と向き合わなくてはいけないときが来たのだ――海を見ながら、オータムはそのことを思っていた。

# 3

初めてヨークに会ったとき、オータムはヨークシャーのホテルのフロントデスクで仕事についていた。彼の男らしい顔つきと、背の高いスリムな体格は、人目を引いた。雑誌に出てくる男性モデルみたいだわ――クリーム色のセーターに黒っぽいズボン姿をひと目見て、オータムは心引かれるものを覚えた。

隣にいたメアリーも、うっとりした顔で彼を見つめている。

「あれこそ男の中の男だわ！　髪が黒っぽいのが残念ね。そういう男って、必ずブロンドの女が好きなんですもの」わけがわからないといった表情のオータムをからかって、メアリーは続けた。「あなた、ほんとにうぶで何も知らないのね」

子供じゃないわ、と言い返したかったけれど、オータムは黙っていた。男がじっとこちらを見ているのだ。オータムの頬が赤く染まった。

しかし、彼はポーターの後ろについて行ってしまった。

誰かしら？　オータムが興味を持ったのを察したのか、翌日までに、メアリーはすっかりその男のことを調べあげていた。

名前はヨーク・レイン。静養のためにこのホテルに来ているのだという。ヨーク・レイン――有名なやり手の実業家だ。でもそんな男が、こんな片田舎の小さなホテルに静養に来るかしら？　そんな人だったら、南フランスにでも出かけるほうがふさわしいのに……。

「すてきな人ね！」フロントデスクの前を通りかかったオータムに、メアリーがため息混じりにささやきかけた。「ああいう人は女にかけちゃ知りつくしてるんでしょうね！」

そのとき、ヨークが通りかかった。そして二人に向かってほほえみかけた。オータムが赤くなったのを、メアリーは見逃さなかった。

同僚の女性たちはうぶで子供っぽいそんなオータムに概して好意的だった。十九歳のオータムはほかの女性たちより二つほど若いだけだったが、みんなは姉のようによく面倒を見てくれた。

ホテルで働くようになって初めて、オータムは自分がいかに時代離れした環境で育ってきたかを思い知らされた。オータムの両親は交通事故で、オータムがまだ赤ん坊のときに亡くなっていた。オータムを育ててくれたのは父方のオールドミスの大叔母だった。年老いた大叔母は、古めかしい道徳観に基づいてオータムを育てた。小さな私立学校で教育を受けたが、そこでもあまり友達を作らず、ひとりぽつんとしていることが多かったので、同年代の少女たちとのギャップは広がるばかりだった。

　大叔母が死んだとき、オータムはどうしたらよいのかわからなかった。ヨークシャーデールにあった小さな家は売りに出され、オータムは本当の意味で天涯孤独となった。大叔母の弁護士がヨークシャーのホテルの受付の仕事を世話してくれなかったら、ひとりぼっちのオータムは途方に暮れていただろう。

　勤めて何カ月かたつうちには、ほかの女性たちにからかわれるのにも慣れっこになり、たまにはデートもするようになったけれど、デートを重ねたいと思う相手にはめぐり合わなかった。

　今まで一度も男の人を好きになったことがない。オータムは、ヨーク・レインに意味ありげにほほえみかけられたとき、うれしい半面、怖いような気がしたのも仕方がなかった。

「彼、あなたに気があるわよ」メアリーがうらやましそうにささやいた。「ね、言ったとおりでしょ。彼、ブロンドが好みなのよ」

　オータムはメアリーの言うことが本当だとは思えなかった。

「ほんとにどうしようもない人ね！　あなたの大叔母さんって人、なんにも教えてくれなかったのね」メアリーはオータムの肩に手をかけて、鏡の方を振り向かせた。「さ、自分をよく見て」

　肩でカールしている長いブロンドの髪。黒いまつげに縁取られた臆病《おくびょう》そうな瞳。グラマーなメアリーの隣に立つとひょろ長く見えるのは、きゃしゃな体つきのせいだった。

「このホテルにあなたにかなう器量の娘はいないわ。なのにあなたときたら、まるで尼さんみたいに、自分のことに無関心なんだから。男たちが注目してるのに気がつかないの？」

そうかしら？　ヨーク・レインがほほえんでくれたときの胸の高鳴りを思い出してオータムは赤くなり、鏡から目をそらして机の上の書類を読み始めた。

その日の勤務は昼までだったので、オータムは午後にメアリーと買い物に行く約束をしていた。メアリーは大勢の兄妹《きょうだい》の長女で、朗らかな社交家だった。オータムをかわいがってくれて、何かと親切にしてくれる。

そのとき、フロントにはオータムしかいなかった。ヨーク・レインに、郵便は来ていないかと尋ねられて、オータムはまっ赤になった。ヨークの声は低くて、それは魅力的に響いた。

つっかえながらも、何も来ていません、と告げたオータムに、ヨークはにっこりと笑いかけた。そして仕事が暇になるのはいつ、ときかれて、オータムはなんと答えていいかわからなくなった。

「今からです」反射的に、オータムは答えていた。「何かご用でも……」

「午後暇だったら一緒にどこかに行かないかと思ってね」物慣れた口調で、さりげなくヨークが誘う。「このへんを案内してくれないかな」

この人はただ暇つぶしをしたいだけで、わたしを誘ったんだわ。

赤くなって口ごもりながら、オータムは午後は買い物に行くことになっているので、と断った。

「それじゃ、またの機会に」それほどがっかりしたふうもなく、ヨークは言った。

後でメアリーにそのことを話すと、メアリーはオータムの断り方があまりにそっけなさすぎると文句を言った。「せっかくだから、暇だって言えばよかったのよ。買い物のために、彼とのデートを棒に振るなんて」

「彼はただ、このへんを案内してくれる人がほしかっただけよ」オータムは困ったように言う。

「わかってないのね」オータムの腕を引っ張るようにして道を渡りながら、メアリーはなおも続けた。「ヨーク・レインのような人が相手に不自由すると思うの？　その気になったらついてくる女はいくらだっているわ」オータムの顔を見て、メアリーはため息をつく。

「あなたってほんとにうぶなんだから。ああいう男にどんな態度を取ったらいいのか、まるっきりわかっていないのね」

「あの人、ただドライブをしようと言っただけよ。変な下心があったわけじゃないわ」

「ほんとにしようのない人！」メアリーが苦笑して言う。「彼みたいな人は女を襲ったりしないわよ。そんな必要、ないもの。でも、あの人は危険よ、オータム。絶対あなたに気があるわよ。でも彼にかかわるのはやめたほうがいいわね」

ヨーク・レインのような男がオータムみたいな小娘を本気で相手にするはずはない、ただ退屈しのぎに誘っただけなのだ――メアリーはそう言いたかったのに違いない。だが気のいいメアリーはオータムをがっかりさせるには忍びなくて、はっきりとそこまで口に出しては言わなかったのだろう。もうひとつ、メアリーが口に出さなかったことがあった――ヨーク・レインほどの男が、一度断られた相手をもう一度誘うはずがない――それ以後、二人の間では二度とヨークのことが話題に上らなかった。

それから二日がすぎた。遠くからオータムが見かけるたびに、ヨークはいたずらっぽい目をしてちょっとほほえんで見せた。オータムは今までに感じたことのない奇妙なときめきを覚えたけれど、そのことは誰にも言わないでいた。そんな子供っぽいひそかなあこがれを胸の内に秘めているのをみんなに知られるのが恥ずかしかったからだ。

その夜、メアリーが家族に会いに行く予定なのを知っていたオータムは、一足先にメアリーを帰してあげた。

チェック・アウトする客の精算をしていたオータムは、誰かに見つめられている気がして顔を上げた。ヨークだった。彼はにっこり笑うと近づいてきた。

「人からすてきな目をしてるって言われたことはない？」その言葉に、オータムはすっかりどぎまぎしてしまう。「ブルーに見えるかと思うと紫に見える。すごく神秘的な瞳だ」

オータムは、そんな歯の浮くようなお世辞には慣れっこだというふりをして、何も聞こえないような顔で下を向いていたけれど、本当は心臓がどきどきしていた。かっと熱いものが、体中を駆けめぐる。それはヨークの姿を見るたびに感じる、奇妙な興奮だった。

「今夜はどうかな？」ヨークが身を乗り出してささやく。「ドライブに行こう……」

「あの……わたし……」

「君を取って食うつもりはないよ」ハスキーな声でヨークがからかった。オータムを見つめる瞳が、きらりと光る。「君に断られたら、せっかくの夜を僕はひとりぼっちですごさなきゃならない」その言い方に、オータムはついつられて笑い出し、いつの間にか彼の誘いをオーケーしていた。

自分の部屋に戻ったオータムは、急いでシャワーを浴びて、ブルーのドレスに着替えた。そして胸をときめかして、お化粧をする。

ヨークの車は細長くて車体の低い高級車だった。内装は革張りで、ドアを開けると上品な男性用コロンのにおいがした。

二人はしばらく黙ってドライブを続けた。オータムは大叔母が教えてくれた〝レディにふさわしい話題〟を必死になって思い浮かべては、ぎこちなくヨークに話しかけた。でもヨークはおかしそうににやにやして、聞いているだけだった。

「君はまるで十九世紀の古めかしい小説に出てくるヒロインみたいだよ」からかわれると、オータムはすぐに赤くなる。きっと退屈な女だと思われているんだわ。この人のガールフレンドは、みんな洗練されていて、セクシーで気のきいた会話が出来る人たちなんでしょうね……。

ヨークはオータムをパブへ連れていった。世慣れていないところを見せたくないばかりに、オータムはジュースではなくてマティニとレモネードのカクテルを注文した。でもひと口飲んでその苦さに顔をしかめると、ヨークはお代わりには黙ってジュースを持ってきた。困ったような顔のオータムを、ヨークはいたずらっぽい瞳で見つめる。二人の話題は、もっぱらヨークの仕事のことになった。ヨークシャーしか知らない自分に比べて、ヨークは世界中を旅していた。オータムはますます気後れを覚える。

二人はそれからしばらくしてホテルに戻った。前庭に車が止まったとき、オータムは緊張のあまり、胃のあたりがきゅっと痛くなるのを覚えた。彼はおやすみのキスをどうするかしら？　大叔母はオータムに〝若い女性として、してはいけない振る舞い〟を口をすっぱくして言って聞かせたものだ。初めてその話をメアリーにしたとき、彼女はおかしがって涙を流して笑いころげた。でも大叔母の教訓は、オータムの胸の奥深いところに巣くっていて、容易に忘れられはしなかった。そしてヨークにキスしてもらいたいという気持との矛盾に、オータムの心はすっかり混乱していた。

ヨークがゆっくりオータムの方を向いたそのとき、若者たちを満載した車がにぎやかに庭に入ってきた。ヨークが舌打ちするのが聞こえた。二人の間に漂っていた緊張感はそれですっかりぶち壊されてしまった。ヨークが何か言うより早く、オータムはお礼を言って車を降りてしまった。

ヨークもそれ以上オータムを引き止めようとはしなかった。部屋でひとりになってから、オータムは改めて、なぜこんなにがっかりした気分なのかしら、と考えてみた。彼が引き止めてくれるのをわたしは期待していたのかしら？

次の日、戻ってきたメアリーは自分の家族のことを話すのに忙しくて、オータムがいつになく黙りこんでいることに気づかなかった。昼食を終えてフロントへ戻ったオータムに、同僚の女性が封筒を手渡した。男らしい筆跡で、オータムの名が表書きしてある。

それはヨークからのデートの誘いだった！　休みの日に一日つき合ってほしいと書いてある！

オータムが次にヨークに会ったのは、その日の夜だった。彼は白いシャツにディナー・ジャケットというい で立ちで、この上なく魅力的に見えた。

「デートしてくれるかい？」いきなり、彼はそう言った。

オータムは恥ずかしくて、うなずくのが精いっぱいだった。なぜかわからないけれど、突然ヨークの日焼けした肌のぬくもりに触れてみたい衝動に、自分でショックを受けた。

メアリーたちがいつも言ってる愛っていうのは、こういう気持のことなのかしら？　ヨークに好かれているかもしれないと思うだけで、体のしんから力が抜けそうな、奇妙な感覚に襲われた。

デートの日はすばらしい秋の日だった。レモン色の日ざしが柔らかな薄青い空からいっぱいに降り注いでいる。ヨークは田舎道に車を止め、少し歩こうか、と言った。

オータムはスカートとセーター姿で、スエードの上着を手にしていた。車を降りるとき、ヨークに見つめられているのに気づいてオータムは赤くなった。彼の視線が、セーターの下の胸の曲線に注がれていたからだ――ヨークのガールフレンドたちは、見つめられるくらいで赤くなったりしないわ。

澄んだ空気が肌に心地よい。二人は野原を抜けて、小さな湖のほとりへ歩いていった。じゅうたんを敷いたようにわらびが群生している。ヨークはその上に身を投げ出した。

「歩くのも久しぶりだ。ロンドンに住んでると、こんなところがまだあったのかと思うよ」

「ロンドンに比べたら、ずいぶん静かでしょうね」つぶやいたオータムの心臓は、はちきれそうにどきどきと打っていた。隣に腰を下ろしたものかどうか決めかねていると、ヨークが手を差し伸べて、横に座らせた。

「静けさが僕にとってどんなに貴重なものか、君にはわからないだろうな」ヨークは上着を脱いでくるくると丸め、枕代《まくら》わりに頭の下に置いた。ヨークにじっと見上げられて、オータムの体は熱くなったり、冷たくなったりしている。

ヨークはオータムの手首の内側を、指先でそっとなでていた。何げないしぐさだったけれど、オータムはとても平静ではいられなかった。ヨークの日に焼けた首筋、開いたシャツの衿もとからのぞく肌。オータムはうっとりと彼に見とれるばかりだった。ヨークは目を閉じている。男の人をこんなに間近に見るのは初めてなので、オータムはどうしていいかわからずに、奇妙なとまどいを覚えていた。

「僕は君のおめがねにかなったのかな?」急にヨークがぱっちり目を開けた。

彼の緑の瞳に見つめられてオータムの肌がぱっと紅に染まった。あわてて体をずらそうとするオータムを、ヨークが押さえつけるように引き倒した。

「きれいだ」声にならない声をあげて抗議するオータムに、ヨークは重ねてささやく。

「すばらしいスタイルだ。だがそう言ってほめたのは、僕が最初じゃないだろう」それまでとは微妙に違う口調だったけれど、オータムはすっかりぼうっとして、彼の瞳が鋭い光を帯びたことに気づかなかった。

ヨークの頭が、日光をさえぎって覆いかぶさってきた。期待とおそれに、オータムは思わず目をつぶる。

ヨークの唇は温かく、執拗《しつよう》だった。抵抗する気力がなえていくのを、オータムは感じていた。だがヨークが唇を押し開こうとすると、どうしていいかわからなくなって、思わず身をもがいた。

　すぐにヨークは力をゆるめた。だが、オータムが顔をそむけないように、しっかりと両手で頬をはさみつける。

「信じられないな……」ヨークはつぶやきをもらす。「まさか一度もキスされたことがないわけじゃないだろう?」

「キ、キスくらい、したことがあるわ」つっかえながら答えたオータムを、身を起こしたヨークがのぞきこむ。

「子供のキスだな」ヨークはオータムの目をのぞきこんだ。「怖がらせてしまったかな?」

　オータムはかぶりを振った。こうして抱き締められていると、怖い気持は消えていくようだ。

「僕はどうかしてしまったみたいだ」キスを再開したヨークがつぶやいた。オータムは思わず腕を伸ばして、ヨークにしがみつく。彼のがっしりした体の感触……やがてヨークの手がセーターの下に滑りこみ、恐怖におののくオータムをなだめるように、少しずつ、やさしく胸のふくらみへと伸びていった。オータムは思わず息をのみ、瞳を見開く。そのとき、再びヨークの唇が覆いかぶさってきた。むさぼるような、それでいて甘いキス……知らず知らずのうちに、オータムの体が弓なりにそっていく。

次にあえぎ声を発したのは、意外にもヨークのほうだった。指先に無意識に、オータムはヨークにこたえて彼のシャツの下に手を差し入れていた。今オーヨークの鎖骨が触れている。大叔母の忠告は、すっかりどこかに消えてしまった。今オータムの頭の中にあるのはヨークのことだけ、彼の存在だけだった。

先に身を引いたのはヨークだった。寒さと共に、取り残されたような空々しさがオータムを襲った。

「まったく信じられない」ヨークがかすれた声でつぶやいた。「君みたいにセクシーな女の子は見たことがない……しかも、まったくの世間知らずなんだから！」荒々しくそう言い捨てると、ヨークは髪の毛をかきむしりながら立ち上がって、オータムを見下ろした。「君みたいな娘をひとりで放っておくなんて、間違ってる！ 僕がやめなければ、君は僕の好きなようにさせてただろう。なんてことだ！ 男ってものが危険だってことを、誰も君に教えてくれなかったのか？」

急に態度を変えたヨークにびっくりして、オータムは見る見る青ざめた。涙が頬を伝って落ちていった。

顔をそむけて、オータムは震える指でジャケットを取り上げる。動揺しているのを悟られないために何か言いたかったけれど、言葉が出てこなかった。

「言っておくが、僕は謝るつもりはない」乱暴にヨークは言う。「幸運に感謝するんだな」

くるりと背を向けて彼がつぶやいた言葉が、オータムの胸にぐさりと突き刺さった。

ヨークに下心があるのを承知の上で、ついてきたと思われたのかしら？　そんな女だって思われたのかしら？　そうに違いなかった。無菌状態で育てられたから、今になってこんなみじめな思いをするのだ……。性について免疫のある、ほかの女の子たちがうらやましかった。わたしに経験がないから、そういうことに慣れてない女だから、ヨークはがっかりしたんだわ。おもしろくない女だと思ったんだわ。

「ごめんなさい」こみ上げる涙をのみこんで、オータムはつぶやいた。振り向いたヨークの瞳は、怒りに燃えていた。

「まったくだ。君ときたら、自分が何をしたのか少しもわかっちゃいないんだから」

オータムには彼が言っていることがなんなのか、少しもわからなかった。ヨークは何か言いたそうだったが、ただ黙って首を振った。

「今のことは忘れてくれ。さ、僕がこれ以上自制心をなくさないうちに送っていこう。お願いだから泣かないでおくれよ。泣くようなことは何もしていないはずだ」

「あなたをだましたと思われてるのならごめんなさい、謝ります」こぶしをぎゅっと握って、オータムは真剣に言った。ヨークは眉をぴくりと上げる。「いまだに経験がないのは、純潔が大切だと教わって育てられたからなの」

「純潔！」ヨークは信じられないという顔で目を丸くした。「とても現代の女性とは思えないよ。まさか結婚するとき処女でないと夫にうとまれるなんて言い出したりしないだろうな」

それはまさに大叔母が常々言っていたことだったので、オータムは顔を赤くした。

二人は口をきかないままホテルに戻った。翌日、メアリーは興味津々でオータムが前の日にどこへ消えたのかを知りたがった。

「ヨーク・レインがあなたのことをききまわってるんですって、もっぱらの評判よ」

よっぽど時代遅れの堅物だと思われたのだ。それでわたしのことをみんなにきいているのだろう。だがオータムは内心ほっとしてもいた。ヨークは本当のことには気づいていない――わたしがおびえていたのは経験がないせいじゃなく、彼を本気で好きになり始めていたからだってことを。

それからヨークは姿を見せなくなった。オータムは彼が帰ってしまったことを知った。ヨークのような人を好きになったのが馬鹿なんだわ、と思う一方で、心が沈むのをどうすることも出来なかった。あの日、驚いたように自分を見たヨークの顔を思い出すと、胸がきりきりと痛んだ。

クリスマスがすぎ、ホテルは忙しくなった。メアリーは、オータムが生気をなくし、いつも青ざめた顔をしているのに気づく暇もなく、自分のデートに忙しい。だがこの三カ月でオータムはあどけない少女から大人へと脱皮していた。無邪気だった瞳が、今は心の痛みを押し隠した大人の女のそれへと変わっていた。

一月になると雪が降りつもり、ホテルの泊まり客もぐんと少なくなった。その日は非番だったので、オータムは髪を洗って、クリスマスプレゼントに同僚からもらった化粧品をつけていた。後でみんなとバーで会うことになっている。メアリーにすすめられて買ったぴったりした黒いコーデュロイのズボンをはく。その上に着たシルクタッチのブラウスが胸のふくらみを目立たせている。

肩まである髪をなびかせてロビーを横切っていくオータムを振り返って見る客は、一人や二人ではなかった。そのときオータムは男の姿を目に留めて、はっと足を止めた。心臓が止まりそうだ。

「ヨーク！……ミスター・レイン……」

「オータム！」かすれた声だった。ぶ厚いシープスキンのコートには、溶けかかった雪がついている。

やせたようだ……オータムは信じられない思いで、ただヨークを見つめていた。

「お願いだからそんな目で見ないでくれ」怖い声で言うと、ヨークはオータムのウエストに手をまわして乱暴に引き寄せた。

「戻っていらしたこと、知りませんでしたわ」やっとの思いでオータムは言った。「まさか、ご病気で……？」

「病気?」どなるようにヨークは言い返す。「そうさ、病気だったさ」ジーンズにウールのシャツという服装が、ヨークのたくましい体つきを強調している。オータムは息も止まる思いで、ヨークを見上げていた。血が体中をかけめぐっている。

「こんな子供にいかれるなんて、僕は病気に違いないさ」

「わたし、子供じゃありません。もう大人です」

「経験から言えば、君なんか赤ん坊も同然だ。ああ、気がおかしくなりそうだよ。前にここを出たときには、もう二度と君のいるところなんかに行くまいと決心していたはずなんだ。その僕がなぜ戻ってきたか、君にはわかってるのかい?」

オータムの耳には何も聞こえてはいなかった。わたしに会いに戻ってきた——その言葉だけが頭の中で大きくふくらんでいる。信じられなかった。

「一緒に来るんだ」ヨークがささやく。

「だめよ。バーで人と会う約束が……」

「そんなもの放っておくさ。さ、おいで。僕には君が必要なんだ」オータムを抱き寄せ、髪に唇を押しつけるようにしてヨークはうめく。「かわいいオータム、僕を君の恋人にしてほしいんだ」

オータムの胸の奥に言いようのない不思議な興奮がわき起こり、ゆっくりと体中に広がっていった。そしてヨークのこと以外はすっかり頭の中から消えてしまった。

「お願いだ、オータム。この何カ月か、僕は地獄の苦しみを味わった。君を愛したいという思いで、毎晩どんなに苦しかったか。気が狂いそうだった……わかるかい？」

ヨークはオータムの腰に手をまわしたまま、ぐいぐいと暗がりへ引っ張っていく。オータムは信じられない思いでただ目を見張っていた。

「ひどいことをしたりはしないさ」ヨークの声は震えを帯びている。ヨークは指先でそっとオータムの頬に触れた。「ああ」くぐもった声でうめくとヨークはオータムをぎゅっと抱き締める。唇がオータムの唇を覆った。オータムはただただ彼のなすがままになっていた。ヨークがわたしのためにわざわざ戻ってきてくれた——わたしが彼を愛しているのと同じように、彼もわたしを愛してくれているのだ。

オータムは、ヨークにその思いを告白しようとした。とそのとき、通りがかった人が好奇心もあらわに二人を見やった。

「君の部屋へ行こう」性急に、ヨークが言う。

「お客様を入れたらしかられるわ。そんなことがわかったらくびにな……」

「しかられるだって？　ほんとに君はなんて子供なんだ。僕がいくつか、君は知ってるのかい？」

オータムは首を振った。ずっと年が上なのはわかっていたけれど、いくつなのかは知らなかった。

「三十一だ」やさしい声でヨークは言う。「君よりひとまわりも年上だ。ところがその僕を、君はやすやすと手玉に取ってる。そのあどけない笑顔でね。君を僕のものにしたい一心で、僕はほかのことなんかどうでもよくなってしまっているんだ。さ、君の部屋へ行こう。でなかったらさっさとチェック・インして、僕の部屋へ君を連れていく」

オータムは不安になって受付の方に目を走らした。係の女性が早くも二人に目を留めて、興味津々で見ている。彼を部屋へ連れていったからって、どうってことはないわ。事情を話せばマネージャーだって怒りはしないだろう。

「わかったわ。こっち……」勢いにのまれて、オータムは小声で応じた。

オータムにあてがわれている部屋は小さいけれど一人部屋だった。部屋には両親の写真と、大叔母と子供のころのオータムが一緒に写っている写真とが飾られていた。

ヨークが写真を手に取るのを見て、オータムは恥ずかしそうにした。二人きりなのを意識して、息が苦しくなる。おびえることはないんだわ、彼はわたしの愛する人で、彼もわたしを愛してくれているのだから。

ヨークは写真をもとに戻すとオータムの方を向き、両腕でオータムを抱き寄せた。ヨークの唇が首筋に触れると、喜びと共に奇妙な震えがオータムの体の中をうずを巻いてかけ抜けた。

ヨークはオータムのブラウスのボタンに指をかけた。以前のことを思い出して、オータムは不安な瞳でヨークを見上げた。

「わ、わたしが、あの、バ、バージンでも気にしない？」口ごもりながらオータムが尋ねる。

「気にする？」ヨークの心臓がどきどきしているのが、オータムにもわかった。彼の肌が熱っぽく汗ばんでくる。

「わたし、これまで好きな人はいなかったから、そ、それで……」

「お願いだから」荒々しく、ヨークがさえぎる。「君はいったい僕をどこまで苦しめるつもりだい？」

ヨークはオータムをベッドに横たえると、胸に手を伸ばしてきた。熱い思いが、オータムのおそれや不安をいつの間にか押しやってしまう。ヨークがわたしを求めている――そのことだけで胸がいっぱいだった。

ヨークはオータムの胸に顔を埋《うず》めた。ショックと興奮とで、オータムはどうかなりそうだった。ヨークの指がオータムのズボンにかかる。やがてヨークは自分のシャツも脱ぎ捨てる。オータムは震えが止まらなかった。白いオータムの肌と並んで、ヨークの日に焼けた肌がひときわ黒くつややかに光る。

「君がほしい」ヨークがあえぐようにささやく。「緊張しなくていいよ、大丈夫」語尾はキスと一緒になって消えた。オータムはもう何も考えず、ヨークに身をゆだねていった。

それでもヨークの唇がゆっくりと移動していくたびに、震えが走るのをどうしようもない。初めての目くるめくような感触に、オータムはため息に似たうめき声をあげて体を弓なりにした。

やがてヨークの体がぎゅっと押しつけられたと思ったとたん、軽くなった。ヨークはベッドの端に座って、頭を両手でかきむしっていた。

「だめだ、僕には出来ない」

がっかりした気持と同時に、寂しさがオータムの胸にこみ上げた。やっぱり……わたしがうぶだから、いやになったんだわ。オータムはおそるおそるヨークの腕に手を伸ばした。振り向いたヨークの瞳には、苦しげな光が宿っている。

ヨークは両手でオータムの顔をはさみこんだ。オータムの悲しい気持が少し楽になる。

「わ、わたし、何か悪いことをしたかしら?」

ヨークはやさしく、涙ぐんでいるオータムを横たえた。

そのとき、部屋のドアが開けられたことに気づかなかった。はっとしたときには、背の高いブルネットの美人が勝ち誇った表情で二人を見下ろしていた。すぐ後ろにマネージャーがあっけに取られた顔で立っている。

ヨークは素早くオータムの体をベッドカバーで覆ってくれたが、それでもオータムが何も身につけていないのは一目瞭然《りょうぜん》だった。二人の闖入《ちんにゅう》者は、軽蔑《けいべつ》しきった表情でオータムを見ている。

ヨークはベッドに腰かけたまま、たばこに火をつけた。おもむろに煙を吐き出してブルネットの女を見、それからマネージャーに視線を移す。

「言ったとおりじゃないの！」女が得意げにわめいた。「オータムはそんなことする娘じゃないですって？　よく言うわ！」まっ赤になっているオータムをねめつけるように見て、女が叫ぶ。「それにまあ、ヨークったら……」女の目が冷たく青く光った。絹のような髪が乱れている。お金のかかった服装をしている。美しいけれど、冷たさを感じさせる人だ……。ヨークはこういう女性が好みなのかしら？

心に鋭い痛みを覚えて、オータムは思わずヨークを見た。だが彼はなんの表情も見せず、平然としてたばこをふかしている。

「この大事なときにあなたがこんなところでお楽しみなのを知ったら、株主がどんな顔をするかしら？　それにマスコミの連中もね。ラッキー・レインの異名を取るあなたのつきも、これっきりになるわね。でもその前にわたしに見つかったのを感謝するといいわ」

オータムはもう一度ヨークに視線を戻した。レイン航空はそんなに危ないのかしら？　たしか新聞でそんなことを読んだような気もするけど……。

「オータム、後で部屋に来るように」マネージャーがオータムから目をそらしたまま言った。きっとくびになるのだ。みんなからなんと言われるかと思うと、体が震える。「この娘がいくつかご存じなんですか？」マネージャーはヨークに向かって言ってから客であることを思い出したのか、口をつぐんだ。

「あなたが若い女の子を誘惑したって噂《うわさ》が広がったらまずいと思うけど？」女が皮肉をこめて言う。

「そうかな、ジュリア？　君は何か忘れてやしないかい？」

女はヨークの心の内を読もうとするように目を細めた。ヨークは立ち上がると、何事もなかったかのようにシャツを身につけた。

「いったい何を忘れてるって言うの？」女が甘ったるい声でわざとらしく尋ねる。

「マスコミはハッピーエンドのロマンスが好きだってことをさ。三十過ぎの男が二十《はたち》前の女の子を妻にするのはそう珍しい話じゃあるまい？」

「結婚ですって？」

オータムは思わず目を見張った。心臓がどきどきして、目の前がかすんでくる。幸せに目もくらむ思いで、オータムはヨークを見た。結婚してもらえるなんて！

「まさか！　じゃ、わたしはどうなるの？」女の言葉にオータムはぎくりとしたが、ヨークはそれがどうした、とでも言いたげに肩をすくめた。

「君のこと？　君も承知の上だったはずさ。僕らはお互いに楽しんだ、それだけさ。君の相手が僕だけだったとは言わせないよ。この期に及んで株主の娘をかさにきるつもりじゃないだろうな？」

　女は蒼白《そうはく》になった。頬だけが燃えるように赤い。

「覚えてらっしゃい！　何よ、そんなうぶな子供！」今度はオータムに向かって言う。「こんなことにならなきゃ、彼はあんたと結婚なんかするもんですか！　ヨークは浮気者で有名なのよ。あんたと一緒になったって、五分も持つもんですか」

　女はものすごい勢いでドアを閉めて出ていった。マネージャーもそそくさと立ち去り、部屋にはヨークとオータムだけが残された。

「あの……無理に結婚してもらわなくても……」

「無理にじゃない」平然とヨークは答える。「服を着なさい。すぐにロンドンに発《た》つ」

「ロンドン？　今夜？　でも……」

「思い立ったが吉日と言うじゃないか」

　ヨークがわたしと結婚……。あの女性のとげのある言葉を思い出して、オータムは思わずぞくっとしたが、すぐに思い直した。あの人はやきもちをやいただけだわ。そりゃ、ヨークほどの男の人が今までガールフレンドもなしでいたはずがない。でも、彼はわたしを選んでくれた。彼を信じよう。

　オータムはヨークに力づけてほしかった。だがヨークは何事もなかったような顔をしている。オータムはあわてて服を身につけ始めた。

「ジュリアって人は、あの、あなたの……？」

「彼女とは終わってる。君は心配しなくていい。さ、荷造りをするんだ。下で待ってるよ」

ドアがものすごい音で閉められた。彼は顔には出さなかったけど、やっぱりジュリアが現れたことにショックを受けているのだ……。

# 4

翌週、二人はロンドンで式を挙げた。式は簡単だったが、披露宴《ひろうえん》は市内の超一流ホテルで華々しく行われ、有名人たちが続々とお祝いにつめかけた。

すべてを取りしきったのは、ヨークの秘書をしている四十代のベスという女性で、そのきびきびした態度にオータムはただもう言いなりになるだけだった。

着飾った客でいっぱいの会場を見まわして、オータムは背筋にぞっとするものを覚えていた。ひとりでは、とても準備なんか出来なかったわ。ヨークにもオータムにも家族らしい家族はなかったから、披露は簡単にすませられるとオータムは思っていた。けれど、秘書はそんなオータムの意見を一笑に付した。ヨークほどの事業家がそんなことは出来ないと言うのだった。でもオータムにはここに集まっているような華やかな人たちとはつき合っていける自信などなかった。本当に、やっていけるのだろうか？

「ぼんやりして、どうしたんですか？」がっしりした男性が人ごみの中から現れた。ヨークのアシスタントのリチャードだった。

ヨークを捜し求めるオータムに、リチャードは気の毒そうなまなざしを投げる。

「ヨークはあちらで引き止められてるんです。僕が代理に奥様をエスコートする役を命じられました」リチャードは賞賛の目ですらりとしたオータムを見ている。オータムの着ているクリーム色のドレスは、ベスが選んでくれたものだ。ロンドンに着くなり、ベスはオータムを連れてサウス・モルトン街に出かけ、ヨークの新妻のために金に糸目をつけずに服を買い整えたのだった。今夜のこのシルクのドレスも、オータムにとっては初めはぜいたくすぎるように思えた――パーティに出ているほかの客たちの服を見るまでは。

けさ、オータムはボンド街のエリザベス・アーデンのサロンに連れていかれ、ヘア・メークをやってもらった。ぴっちりと引きつめた髪が、美しさを強調している。メークアップも、自分でするのとは比べものにならない。鏡の中のオータムは、実際より年上に見えた。ヨークはわたしを大人っぽく見せたくて、ベスにわたしをここへ連れてこさせたのかしら――オータムはそう考えていた。

ロンドンに来てからまだほんの一週間ほどだけれど、ヨーク・レインはすでにオータムの知っているヨークとは別人だった。

第一、オータムはほとんどヨークに会えなかった。彼の住まいに到着すると、ヨークはすぐに会議で出かけ、オータムはベスに伴われてホテルに連れていかれた。

ヨークはオータムのいるホテルに二晩ほど来てくれたけれど、いつも仕事のことで頭がいっぱいのようでろくに話もしてくれなかった。会社が危機を脱したことを、オータムはベスから聞かされた。さすがに放りっぱなしにされている若い婚約者に彼女は同情してくれたのだろう。

わたしがみじめな気持になっているのは、それだけが原因じゃないわ――ここでのヨークの生活を知るにつれ、不安が雲のようにオータムの心の中に広がっていた。自分は彼にふさわしい妻ではないのじゃないかという不安だ。これまではホステス役を務めていたというベスから奥様にお願いします、と言われて、オータムはパニック状態に陥っていた。

ぼんやりとしていたオータムに、リチャードがグラスを差し出した。「すごい披露宴ですね！　さすがはヨークだ。しかもこんなにきれいな花嫁を手に入れるなんて」

「さ、お召し替えの時間ですよ」そこへベスが現れ、オータムを促した。

ヨークが突然ヨークシャーから結婚すると電話で知らせてきたとき、ベスはすっかりとまどってしまった。相手が噂《うわさ》になっているジュリア・ハーディングではないことにほっとしたものの、オータムをひと目見て、ベスはまたまた不安になった。オータムはあまりに若く、そして世間知らずだった。すきあらば人の足を引っ張ろうとするこの世界で、ヨークの妻の役割をやっていけるだろうか？　今もオータムが寂しさと不安を必死に押し隠しているのが、ベスにはわかった。

「ハネムーンにも行かれないなんて、お気の毒ですわ」オータムを薄いピーチカラーのシルクのツーピースに着替えさせながら、ベスは言う。「よりによってこんなときに会社が忙しくて、おまけにアメリカの会社との合併の話も出てるんですから」

ほんとにお気の毒に、とベスは思っている。この若い花嫁さんは、夫がどんなに忙しい男なのか、少しも理解していないのだから。

「さ、出来ましたよ」ベスはオータムを鏡の方に向けた。ピーチカラーのシルクはオータムのういういしさを引き立てている。ベスは自分でもわからない衝動にかられて、そんなオータムをぎゅっと抱き締めた。「さ、顔を上げて元気を出して。誰もあなたを取って食いはしませんよ」

待っていたヨークの腕に手をかけて、オータムは夫を見上げた。弱々しくほほえんで見せたが、ヨークはリチャードに指示を与えるのに忙しくて、そんなオータムを見ようともしなかった。

やがて二人は運転手つきの車でヨークの住まいへ帰った。そこは目もくらむような豪華なフラットだった。オータムにはとてもなじめそうにない。ヨークが荷物を運びこませている間、所在なさを持て余して、オータムは壁にかけてある絵をじっと見ていた。

「マチスだよ。気に入ったかい？」

「すてきね」

ヨークはちょっと顔をしかめて見せた――気のきかない返事だと思われたのかしら？

彼が今までつき合ってた女の人たちなら、もう少しましな感想を言えるに違いないんだわ——だがオータムは胸がどきどきし、口の中がからからに渇いて、何を話していいのかわからなかった。

「座って」ヨークが革張りのソファを目で示す。「何か飲み物を取ってこよう」

氷の音に続いて、金色の液体の入ったグラスを持ったヨークが戻ってきた。

「ウイスキーだ」オータムに、ヨークはそっけなく言う。彼のほうは一気にグラスを干してしまったが、オータムはグラスを手にしたままぼんやりしていた。急に目の前が涙で曇った。わたし、ヨークのことを何も知らないんじゃないかしら……どうしていいかわからなくて、ドアの方に目をやる。

「頼むからそんなにおびえた顔をしないでくれ」怖い声だった。「結婚早々花嫁にびくびくするなと言わなきゃいけないなんて……」

オータムの頬が赤くなる。そしてますますみじめな気持になってしまう。ジュリアだったら、ヨークと二人きりになってもびくついたりはしないだろう。

「ご、ごめんなさい」その拍子に手が震えて、グラスの中のウイスキーがソファにこぼれてしまった。

「そんなもの、そのままにしておけ」あわてて小さなハンカチを出して、無器用にふき取ろうとしているオータムに、ヨークが言う。「ベスは趣味がいいな。その服、よく似合っているよ。僕が一緒に買い物に行けなかったから、そんなにふくれっ面をしてるのかい?」

「ふくれてなんかいません」オータムは悲しかった。この不安をどう説明したらわかってもらえるのだろう。ヨークが黙って抱き締めてくれさえしたら、ひと言愛してるよと言ってくれたら、どんなに安心することか——だがそのヨークは、いらだたしげだ。

そのとき、電話のベルが鳴った。電話を取ったヨークは、難しい顔できびきびと指示を与えている。ベスからヨークが仕事の虫だと聞かされてはいたけれど、これほどとは知らなかった。

大きなガラス窓の向こうの、暮れなずむ空に目を向けて、オータムは考えていた。ヨークは本当はわたしと結婚なんかしたくなかったんだわ。わたしのことを、かわいそうに思って結婚してくれたのだ。でももう後悔しているのではないかしら……。電話を終えたヨークは戻ってきて、オータムの横に腰を下ろした。

「なぜわたしと結婚なさったの?」その言葉は自分でも意外なほど不安げに響いた。言わなければよかった。ヨークはどう思ったかしら?

部屋は薄暗く、ヨークの表情ははっきりと読み取れない。

「後悔しているのかい? でももう遅いよ——僕も、そして君もね」言いながらヨークはオータムの体に腕をまわしかけた。瞳が光っている。オータムは反射的にびくっと身を引こうとした。

ヨークの唇がかすかに頬に触れる。リラックスしようと努力してみたけれど、だめだった。心臓がぎりぎりと締めつけられるようで、恐怖に息がつまる。ヨークにもそれがわかったらしい。ヨークは爪が食いこむほど、ぎゅっとオータムの肩を握った。

「こうなったらもう後戻りは出来ないんだ」

腕に抱き取られ、抱き上げられて、オータムはそのままベッドに運ばれていった。

「ほんとに臆病《おくびょう》な娘だな」皮肉っぽい口調だった。「どうしたいんだ？　僕の夫としての権利をあきらめさせようっていうのかい？」

「遅すぎやしないわ」彼もこの突然の結婚を後悔しているのだと思って、オータムは言った。「わたし、今から家に帰ることだって……」

「家？　ここが君の家さ」ヨークがさえぎった。「それに遅すぎやしないっていうのも違うね。そのことをわからせてやったほうがよさそうだ」情け容赦のない言い方だった。

新しい恐怖がこみ上げてきて、オータムは体が震えた。ヨークの唇が強く押し当てられた。彼に抱かれさえしたらこの得体の知れない恐怖から逃れられると思っていたけれど、この一週間の間に少しずつ形づくられてきた不安は、ヨークの手がやさしく肌をなでている今も、消え去ってはくれなかった。反応を示そうとしない自分にヨークが腹を立てていることが、オータムにもわかった。

「後悔しても遅いんだ、オータム。君はもう僕の妻なんだ。君を僕のものにするからね。そのことを胆に銘じたほうがいい」少しも温かみのこもっていない言い方だった。オータムが激しく身を震わせると、ヨークの腕に力がこめられ、彼の唇が怒ったようにオータムの唇を割った。

だがヨークはさすがに女の扱いに慣れていた。しばらくすると、オータムの緊張はほぐれていき、おずおずと伸ばした手がヨークのシルクのシャツの下に差しこまれた。彼の肌は温かかった。

ヨークがオータムに何かをささやいた。オータムがためらっていると、彼はいらだたしげにシャツのボタンをはずし、床に投げた。そしてオータムの服も……。ヨークに見つめられて、オータムの全身は見る見る赤く染まった。

薄闇《うすやみ》の中で、ヨークの肌は絹のように光っていた。彼の手が胸に伸びる。荒い息遣い。

「さ、オータム、僕は君のすべてを知りたいんだ……」くぐもった声だった。

ヨークの体は引き締まっていて、温かかった。いよいよそのときが来たのだと思うと、オータムの体は震えた。ヨークにキスされて、小さなあえぎがもれる。未知の感覚が波のように押し寄せては引いていき、オータムを翻弄《ほんろう》した。体の力がすっかりなくなり、溶けていくような気がする。

「大丈夫、心配しなくてもいいよ」ヨークの肌が汗ばんでいる。もう後戻りは出来ないのだという思いが、オータムの脳裏をよぎった。

誰かがすすり泣いて、ヨークの名を呼んでいる。ヨークの激しい息遣い……はっと気がつくと、泣いているのは自分だった。

遠くでヨークの声がした。頭の中で何かがはじけ、体がふわふわと宙を漂うような気がして、それから徐々に、ヨークの体重が感じられてきた。

ヨークはオータムの顔を、両手で包むようにはさみこんで、じっと瞳をのぞきこんだ。

「ね、言ったとおりだっただろ？」

言いたいことはたくさんあるのに、言葉が見つからない。つい今しがたのことが、まだ実感として感じられない。でも、さっきまでのおそれや不安がまるで嘘《うそ》のように思える。

オータムはヨークに話しかけようと、体の向きを変えた。だがヨークは、頭をオータムの肩のあたりに押しつけて、もう眠っていた。甘ずっぱい満足感がオータムにこみ上げる。うとうとしかけたとき、オータムはふとあることに気づいた――彼は一度も愛しているって言わなかったわ。愛してくれているはずだけど……口に出して言ってくれたら、彼に同じ言葉を返せたのに……。

オータムが目をさましたとき、すでに日は高かった。寝返りを打つと、体が奇妙にだるい。そのだるさが、ゆうべの記憶を一度に呼び起こした。あわててヨークの姿を捜したが、彼はいなかった。シャワーを浴びてキッチンに行ってみると、コーヒーのパーコレーターの下に、オフィスに行く、と書いたメモが残されていた。

がっかりする気持を抑えて、コーヒーをわかす。ヨークが忙しいのはわかっている。起こさずにおいてくれた思いやりに感謝すべきなのだろうけれど、でも起こしてもらいたかった。そうすれば、ゆうべのことが夢でないのがわかったのに……。

オータムはここで何をしていいのかわからなかった。やがて掃除をしに来た小太りの女性が、オータムを見てびっくりしたような声をあげた。「ミスター・レインが結婚なさったんですって？　しかもこんなにお若い方と？　あの方はほんとにもてる方でねえ、まさか結婚なさるとは思いませんでしたよ。で、ハネムーンはどちらへ？」好奇心をむき出しにして、その女性はきいた。

ちょうど電話のベルが鳴り、オータムは救われる思いで受話器を取った。ベスだった。その声を聞いて初めて、オータムは自分がヨークからの電話を期待していたことに気づいた。

「ヨークに頼まれてお電話したんです。今、会議中なんですが、合併の話が急に本格的になって、今夜、お帰りが遅くなると思います。お昼をご一緒にいかがかと思ったんですけれど……」

ベスの口調にあわれみがこもっているのを感じ取って、オータムのプライドは傷ついた。オータムは買い物があるからと言い訳して誘いを断ると電話を切った。どこかへひとりで出かけようと心に決めて。

三時間後、オータムはみじめな思いで足を引きずってフラットへ帰った。ハイドパークをさんざん歩きまわって、三十分ほど池のあひるを眺めると、もうすることがなかった。帰りたくなかったけれど仕方がない。寂しさで、どうかなってしまいそうだった。

少しも食欲がない。ヨークが夕食に戻ってくれるのなら、あれこれ心を配って食事のしたくをするのに……。

その夜、ヨークはオータムが寝てしまってから戻ってきた。ぐっすり眠っているオータムをじっと見つめるヨークの顔には、濃い疲労の色がにじんでいる。ヨークはジュリアの父に、さんざんいやみを言われて帰ってきたのだった。

オータムはそのとき目をさました。心臓がどきんどきんと音を立てる。

だがヨークはくるりと背を向けて出ていってしまった。やがてバスルームで水音がし始める。

戻ってきたヨークの髪は濡《ぬ》れていた。短いタオル地のガウンのすそから、裸の足が見える。

ヨークの手がかけぶとんにかかると、オータムは反射的に体を固くした。ヨークの口もとがぎゅっと引き締まるのを見て、オータムの瞳に反抗的な光が宿る。

「オータム、僕はゲームを楽しむ気にはなれないんだ」オータムの体に腕をまわしながら、厳しい声でヨークが言った。「夫が妻に慰めを求めて悪いかい？　相手がたとえまだ学生気分の抜けていないような妻でもね」

わたしにだって言いたいことがあるわ——言おうとしたその口を、ヨークの唇がふさいだ。そしてヨークはガウンを脱ぎ捨てると、オータムのナイトドレスを肩から滑り落とした……。

オータムはもう何も考えられなかった。

二人は炎のように燃え上がった。それなのに、ヨークが眠ってしまうと、オータムは落ち着かない気持で眠れないまま横たわっていた。何かわからないけれど、何かが足りない——体は満足しているけれど、何か、大切なものが欠けていた。

翌朝、ヨークと一緒に朝食を食べようと早く起きる決心をしていた。でも、目がさめてみるとヨークはもういなかった。しんと静まり返った部屋の中にひとりでいると、気が滅入って仕方がない。かといってすることは何もなかった。

二人の結婚生活の、それが始まりだった。毎日ヨークは朝早く家を出て、遅くまで戻らなかった。二人で過ごすときはといえば、夜中に起こされて抱かれるときだけと言ってもよかった。

何週間かがこうしてすぎ、そして何カ月かがすぎた。ヨークの〝本当の〟生活からは締め出されているという寂しさは、オータムの心の中で少しずつつのっていった。次第にオータムはヨークに起こされても眠っているふりをするようになった。ヨークはそのことに気づかないほど鈍感な人間ではなかった。二人はお互いに何も言わなかったけれど、オータムはヨークの態度が少しずつ変わってきたことを感じていた。オータムの心の砦《とりで》を、ヨークは強引に破ろうとしていた――甘い愛のささやきを使ってではなく、容赦のない愛撫《あいぶ》と、見かけとは裏腹に、しんに冷たさを隠している情熱とで。結果は決まってオータムの負けだった。自分の弱さを悔しく思いながらもいつも体だけが燃え上がり、オータムはヨークの思いどおりになってしまうのだった。

本当の危機が訪れたのは、結婚して十カ月たったある日のことだった。その間、ヨークは一度として仕事上でつき合いのある人たちを家に招いたこともなければ、オータムを芝居や食事に連れていってくれることもなかった。仕事を終えて帰ると黙って食事をし、書斎に引きこもって明け方まで仕事に没頭する――それがヨークの日課だった。

オータムが仕事のことを尋ねると彼は決まって不機嫌になり、書類を押しやって言うのだった。「君にはわからないさ。それでいいんだよ」

彼はいつだってわたしを子供扱いするけれど、わたしは子供じゃないわ。りっぱな大人で、彼の妻よ。ヨークとすべてを共有したいわ、本当の意味で。オータムの不満といらだちはつのっていった。ヨークはベッドの中でしかわたしを必要としていない——彼の愛撫は日ごとに荒々しくなっていくように思えた。やさしさなどかけらもなく、ただただオータムを征服するための行為に思えた。

ときどき、オータムは自分がヨークを憎く思っているのか、それともそんな彼の愛撫にもこたえてしまう自分自身が憎いのか、わからなくなった。

ヨークは週末も休まなかった。一度オータムは彼を散歩に誘ったが、ヨークはオータムを、おかしくなったのではないかと言わんばかりに見つめて言った。「ここはヨークシャーじゃないよ」

ヨークがアメリカに出張すると告げたのは、二人が黙りこくったまま夕食を終えた後だった。オータムはすでにそれを知っていた。日中ベスが電話をかけてきて、その話をしたのだった。

「どうしてベスより先にわたしに話してくださらないの？」ワインのお代わりを注いでいるヨークに、激しい口調でオータムは言った。

「君がそういう態度に出るのが目に見えていたからさ」ヨークもとげとげしく言い返す。「頼むから大人になってくれないか。君はどう思ってるか知らないが、僕は仕事をしてるんだぞ。合併の話が進んでいる真っ最中だっていうのに……」

ヨークは仕事の話を何ひとつ聞かせてはくれない。わたしにはわからないと思っているのだ。

「君のお守りに専念するほど暇人じゃないのが、わからないのか？　それとも、君のセクシーな体は、一週間も男なしじゃいられないというのか？」

オータムはあまりの言葉に青ざめた。

「そんなことを言うなんて、ひどいわ！」

「でもほんとのことじゃないか。否定するのかい？　僕は男だよ、オータム」ヨークはさらに残酷なひと言をつけ加える。「君の反応が、僕にわからないと思うのか？」

オータムはいつだって、ヨークに応じないではいられなかった。じっと見つめられるだけで、体が震え出してしまう。ヨークがそばを歩くだけで、力が抜けていき、ちょっとさわられるだけで、体が燃え上がるのだった。

その夜のヨークは、それまで以上に情熱的だった。力の限りに抱き締められて、オータムは苦しさに何度も悲鳴をあげた。もみくちゃにされながら、オータムもいつの間にか我を忘れ、二人は互いに求め合った。

オータムはまだヨークの腕の中にいた。激しく打っていたヨークの鼓動が、少しずつ治まっていく。

「ね、ヨーク、わたしもアメリカへ連れてって」ヨークの腕が離れると、急に寒くなって、オータムは体をぞくりと震わせた。

「だめだ」ヨークはそっけない。「この合併の話は会社にとってはのるかそるかの重大事なんだ。なぜ今の生活に満足出来ないんだ？　君みたいに恵まれてる人はそういないよ」

恵まれてるかしら？　やさしさや愛情には決して恵まれてやしないわ……オータムが求めているのはそういうものなのに。

次の朝、ヨークは出かけていった。ゆうべの情熱を物語る疲労の影が、オータムの顔をうっすらといろどっていた。シャワーを浴びるときも、オータムは自分の体を見ないようにしていた。心を裏切った体など、見るのもおぞましい。日増しに重くなっていく心とは裏腹に、オータムの肌は結婚してから、つややかさを増していた。

オータムは本を借りようと図書館に出かけた。公園は枯れゆく季節のかぐわしい香りに満ちていて、ヨークシャーの荒野を思い出させた。ヨークシャーにいた何も知らない少女だったころのことが、はるか昔に思える。そういえば、後三日で二十《はたち》になるのだ——気がついて、オータムはショックを受けた。

図書館の本を、オータムは気のないままに選び出した。ヨークは今日の何時に発《た》つのかしら？　ベスに電話をかければすぐわかることだったけれど、そんなことをするのはプライドが許さなかった。妻なのにそんなことも知らないなんて……。ヨークはわたしみたいな子供を妻にしたのを恥だと思っているのかしら？　それでわたしを人前に出したくないのだろう。町のショーウインドウに、オータムの姿が映っている。オータムの趣味はすっかり洗練されたものになっていた。細身のツイードのスカートが、脚の長さを引き立てている。店員が、店の中からほほえみかけるのを無視して、オータムはどんどん歩いていった。足の下で落ち葉がかさこそと音を立てる。オータムはボンド街を目ざしていた。クリスマスは間近だった。例年ヨークが会社の役員たちを集めてロンドンのホテルでクリスマス・パーティを開くことを、オータムはベスから聞かされていた。そのときの服を買っておかなければ……でも、わたしは出席させてもらえるのかしら?

ウエディング・ドレスを買った店の前で、オータムは足を止めた。入ろうかどうしようかと迷っていると、かん高い女の声が自分の名を呼んでいるのが聞こえる。振り向くと、ジュリア・ハーディングが近づいてくるところだった。高価そうなフォックスの毛皮をまとい、しゃれた帽子をかぶっている。

「ああら、若奥様」ジュリアはわざとらしい笑みを浮かべた。「ふさぎこんでるみたいね。ヨークがアメリカに行っちゃうんじゃ、それも無理はないけど」

「仕事なんですもの。仕方ありませんわ」

「いつもそう言って出かけるんでしょ。どうせ忙しいから連れていけないって言われたに決まってるわ。あら、びっくりしてるのね。ヨークはいつだってそう言うのよ。忙しいっていう意味はね、群がる女たちを整理するのに忙しいってことよ。ほんとよ。わたしはヨークとはつき合いが長いんですもの。彼のすることくらいお見通しだわよ」

逃げ出そうとするオータムの腕を、ジュリアが捕まえた。

「あら、気を悪くした？　でもね、だいたいヨークがあなたみたいな子供に満足してるはずないのよ。あなたなんかよりずっといい女たちがヨークの心を引き止めておこうとして失敗してるんだもの」

「あなたもそのおひとり？」オータムは血の気を失った顔で尋ねた。

「まあね。だからわたし、あなたに同情してるのよ。ヨークがほんとに結婚してるんだろうかって疑ってる人もたくさんいるわ。彼がなぜあなたと結婚したかわかる？　合併の話が持ち上がってるときに、スキャンダルになると困るからよ。大事業家がうぶな女の子をたぶらかす、なあんて書かれてごらんなさいよ。うちの父なんかも、そんなに心配することはないから早まって結婚するなって、さんざんヨークを説得しようとしたのにねえ。あの人はいったん思いこむとほかのことは耳に入らないから。最近は遅くまで家に帰らないんですって……？」好奇心をむき出しにしてジュリアはオータムを見つめた。いったいヨークのことを誰に聞いて知ってるのかしら？　ジュリアの父親？　それともヨーク自身……？

「わたしたちの結婚がどんなものだって、あなたには関係ないはずです」なるべくそっけない調子で、オータムは言ったつもりだった。

「誰の結婚ですって？　ふふ、ヨークはね、ただベッドを共にする女が必要なだけよ。それが証拠に、あなたは妻としてどんな役目を果たしてるの？　あなたがそんなふうにナイーブなお馬鹿さんだからこそ、ヨークは結婚してもいいと思ったんだわ」

「それに、あなたがあんなふうに部屋に入っていらしたから、結婚せざるを得なかったのかもしれませんわ」オータムは冷たく言った。「でも、とにかくわたしたちは結婚してるんです」

「へえー、結婚してどれくらいたつって言うの？」そう捨てぜりふを残すと、ジュリアは去った。オータムは、心の奥の大切な部分に鋭い爪を立てられたような気がした。

　気がついたときには、どこをどう歩いたのか、フラットに戻っていた。いつものようにしんと静まり返った部屋。これは家じゃない、単なる家具のショーケースだわ。でもヨークだって子供はほしいはず――家を継いでくれる息子が。ヨークが自分の父にうとまれていたことを、オータムはリチャードから聞いていた。かわいそうなヨーク。でもわたしには何も話してくれない。ほかのことだって……。ジュリアの言うとおりかもしれない。ヨークはベッドを共にする女を必要としているだけなんだわ。

　オータムの心を鋭い痛みが貫いた。窓の向こうのロンドンの風景を見ていると、急にヨークシャーの荒野が恋しくてたまらなくなった。いつの間にか、オータムはスーツケースに衣類をつめていた。そして家を出てタクシーを拾った。ヨークに買ってもらった服は、ほとんど残してきたが……。

ヒューストンの駅は人でごった返していた。ヨークシャー行きの汽車は一時間しないと出ない。オータムは待合室の片すみにぽつねんと座っていた。涙がこみ上げてきて、視界がぼやけている。

ぽんと肩を叩《たた》かれて、オータムは飛び上がった。目を上げると、なんとそこにはヨークがいた。彼の怒りに燃える瞳と目が合って、オータムはたじろいだ。ヨークは片手でスーツケースを持ち上げ、もう片方の手でオータムの腕を引っ張って、歩き出した。

「ヨーク……。でも、ニューヨークへは……?」

「家出をしたのはそのせいか? ニューヨークへ連れていかないからヨークシャーに帰ろうとしたのか?」

オータムはがたがた震えていた。ジュリアと会ったことは、どうしても彼には言えない。

「わたし、これ以上あなたと暮らせないわ。愛情のない生活なんて……」

ヨークはわざとらしい笑い声をあげた。心なしかいつもより顔色が青白い。

「なんだって言うんだ? これまでの十カ月、それでやってきたじゃないか。まったく女っていう奴は! 真実に直面するのが耐え難くなったのか?」

何も考えられないまま、ヨークに従ってタクシーに乗りこむ。だがヨークがフラットの住所を運転手に告げるのを聞いてオータムは、突然我に返ってヒステリックにわめき始めた。「帰りたくないの。お願い、ヨーク！　もう耐えられないわ！」

ヨークの顔は怒りに青ざめていた。指がオータムの手首に食いこむ。「だめだ！」

フラットに戻ったヨークはベッドルームにスーツケースを放りこみ、グラスにウイスキーを注いだ。

「本当なら僕はもう大西洋の上にいるはずなんだ。わかってるのか？」

「わたし、子供じゃないわ、ヨーク！」

ヨークは叩きつけるようにグラスを置く。「子供じゃなかったらなぜあんなことをする？　いったいなんのためだ？」

「今の生活がいやになったのよ。何ひとつ話してもらえずに、あなたの生活にも入れてもらえないなんて。ベッドの中でだけつき合えって言うの？」

「君にほかに何が出来るんだい？　重役にでもしてほしいのか？　それともいっそ僕の代わりに仕事をするか？」

この人は少しもわかろうとしてはくれない。ただわたしを馬鹿にしてるだけなのだ。

「結婚したのが間違いだったのよ」

「かもしれない。だが結婚した以上は、数少ない夫としての特権を行使させてもらいたいもんだ」ヨークはオータムの腕をつかんでベッドルームの方へと引きずっていった。騒いでも無駄だった。

「さわらないで！　大きらいよ！」

「そうかい。だが君の体はそうは言ってない」ヨークはからかうようにオータムの胸に指先をはわせた。心では逆らいながら、オータムの体はぐったりと力を失ってしまう。ヨークがオータムを抱き上げた。こうなってしまうと、抵抗するのは打ち寄せる波に向きを変えろと命令するのに等しかった。

ヨークはわたしをめちゃめちゃにしてしまう。息をあえがせて唇を押しつけていたヨークが、オータムの顔を両手で包みこんでじっと目をのぞきこんだ。彼の浅黒い顔が紅潮し、瞳はぎらぎらと光っている。

「愛なんて言うな。口でなんと言ったって、君はほら、こんなに僕を求めているじゃないか。それは僕だって同じさ」

「でも、こんなのはいや。あなた、わたしをどうかしてしまうわ。わからないの？」

ヨークは答える代わりに両手をオータムの体にはわせ始める。オータムの負けは目に見えていた。触れられるだけで、肌はかっと熱くなり、その下で血管が激しく脈打つのがわかる。オータムはそれでも必死にヨークをはねのけようとした。

「やめて、お願い……」だが無駄だった。数秒後には、オータムは何も考えられなくなり、ヨークの愛撫にこたえていた。

「まだ怒ってるのかい？」ベッドに座って靴をはきながら、ヨークが言う。

その満足しきった態度に、オータムはかっとなった。彼は承知してるのだ――今のが愛の行為じゃなくて、わたしたち二人の間の戦いだったってことを。そして彼が勝ったことを。

オータムは片ひじをついて身を起こし、ヨークを見つめた。傷ついた動物のようにうつろな瞳だった。

「わたし、あなたを憎むわ。二度とあなたとこんなふうにはならないわ」

「けっこう」ヨークはきっぱりと言った。「君が僕の前にひざまずいてそうしてくれと言うまでは、僕も何もしない。もっと大人になって現実をよく見つめるんだ。君は頭では僕を憎んでるかもしれないが、体は別のことを言ってる。言葉でどうごまかしても、その事実は変わらないよ」

ドアがばたんと閉まった。オータムは枕《まくら》に顔を埋《うず》めて激しくすすり泣いた。思いっきり泣いてしまうと、不思議に穏やかな気分だった。オータムは起き上がり、ぎくしゃくした動きで服を着た。

わたしはこれ以上彼と戦えない。一緒にいれば、自分で自分がいやになっていくばかりだ。

逃げよう――どこへでもいい。ヨークに見つからないところへ。どうせ彼にとってわたしは所有物のひとつなんだし、失ったところでどうということはないだろう。

オータムはずたずたの心を抱いてフラットを出た。ヨークはわたしを愛してなんかいない。結婚したことを悔やんでるんだわ。だからいつだって、いちばん二人の心が近づけるときにさえ、わたしを征服しようとする。愛の伴わない結婚によってまかれた種の、その収穫のときが今来たのだ。

# 5

過去はもう忘れよう——オータムはつらい記憶を押しやった。真実に直面するのがいやで逃げ出したのは、まだあまりにも子供だったからだ。今のオータムは、ヨークに愛されていなかったという悲しい事実を受け入れていた。家を出てから、ヨークが一度も捜しに来なかったのが何よりの証拠だった。長い間、オータムはそのことで苦しんだけれど、今はそれも過去のことだ。

オータムは眠れないままに、何度も寝返りを打った。暑さのせいだわ、と自分に言い聞かせてはみたものの、そうでないことはよくわかっていた。長いこと忘れていた過去の記憶が、亡霊のように再び姿を現して、オータムの肉体を苦しめているのだった。

朝早く、オータムは目ざめた。新鮮な冷たい空気を吸いこんで海を眺める。波が心の痛みを洗い流してくれるといいのに……。

ホテルのフロントへ歩いていく。ビキニの上にアップル・グリーンのタオル地のジャンプ・スーツを着て、荷物を入れた大きいキャンバス地のバッグを手にしていた。

フロントは人影もまばらだった。今日のセーリング・ツアーの参加者のリストに目を通しているところへ、サリーとアランが近づいてきた。

「あら、出発の準備をしてるんじゃなかったの？」

「わたしたち、明日出発するわ」オータムはサリーに答えながら、ちらっとアランを見た。アランは困った顔で視線をそらす。ヨークの企《たくら》みにひと役買ったのを恥じているのだろう。

「ヨークは今日発《た》ちたいんだそうだ」言いにくそうに、アランは切り出した。「君の仕事はサリーが代わってくれるよ」

オータムは唇をきっと結んで振り向いた。ヨークらしいやり方だわ。どうしたって自分のやりたいようにするのね！　ヨークに見くびられているのだと思うと、悔しかった。

「そ、その……君には感謝してるよ」困りきった表情でアランが続ける。「ヨークはトラベル・メイツに出資してくれるって言うし……」

「わたしにお礼を言わなくてもいいのよ。ヨークは益にならないことはやらない人ですもの。根っからのビジネスマンよ」

「それでも……その……君に黙っていたのはほんとに悪かったと思ってるが……その……」

オータムはアランが気の毒になった。「わかっています」

アランはオータムを軽く抱き締め、唇に触れるか触れないほどのキスをした。二人が離れたとき、ヨークが皮肉っぽい微笑を浮かべて立っているのに気がついた。

「君がキスをしているのは僕の妻だってことを忘れないでくれよ。それと僕が君の出資者のひとりだってこともね」

偽善者！　本当はどうだっていいくせに。サリーの頭越しに、ヨークとオータムの目が合った。

「出発が早まったのを聞いたかい？」

黙ってうなずくと、オータムはリストをサリーに差し出した。

「どこへ行く？」出ていこうとするオータムを、ヨークが呼び止めた。

「荷物を造るのよ」わたしが逃げるとでも思ってるの？　逃げやしないわ。オータムはまぶしいほど日が照りつける戸外へと、足を踏み出した。「見張ってなくても大丈夫よ」横に並んで歩き出したヨークに、オータムは言った。

「アランとはどうなってるんだ？　彼が原因で早く別れたいのか？　彼と再婚するつもりかい？」

タオル地を通して、熱帯の太陽が肌を焼いている。それなのに、オータムはぞくりとする寒さを覚えていた。

「わたしが再婚？　結婚にこりたっていうのに？」

「苦しんだのは君だけじゃない」ヨークも負けてはいない。「僕だって同じさ」

オータムは冷たい目でヨークを見た。

「もうどうでもいいことよ、ヨーク。今のわたしたちは便宜上一緒に暮らす他人ですもの。自由を得る代償として、仕方なくそうするだけだわ」

「昔だってそうだったさ……僕らは夫婦じゃなく、他人同士だった。違うかい？」それだけ言うと、ヨークはくるりと背を向けて行ってしまった。残されたオータムは、怒りに体をぶるぶる震わせていた。

二人は昼食をすませるとすぐに島を出た。小さな水上飛行機がセント・ルシア島の空港に着くと、滑走路にはレイン航空のジェット機が待ち受けていた。

機長がヨークに笑いかける。「ロンドン到着予定は、午後三時ちょうどです」

「無線で連絡して、運転手を迎えに寄こしてくれ。僕に何かメッセージはないか？」

機長がヨークにメッセージを伝える間に、スチュワードが忙しくオータムの荷物を機内に積みこんだ。

その豪華な自家用ジェットはバーを内部に備え、座り心地のいいソファが二つ、テーブルと椅子のセットまであった。この中で会議が開かれることもあるのだろうとオータムは想像した。

飛行機が離陸するとすぐに、ヨークは機内の後ろの方に姿を消し、やがて黒っぽいズボンと薄いセーターに着替えて戻ってきた。

「着替えたければシャワーと化粧室もあるよ」

オータムはブラウスとスカートという夏服姿だったけれど、冷房のきいた機内では早くも寒くなり始めていた。

「わたし、カリブの島で着るような夏向きの服しか持ってきてませんもの」

ヨークは黙ってどこかへ行ってしまった。飲み物でも取りに行ったのだろうと思ったが、再び姿を現したときには、カシミアのセーターを手にしていた。彼はそれをぽんとオータムに放り投げた。

「いらないなんて言うなよ」ぶっきらぼうな口調だった。「こごえたくなければ着るんだな」

オータムは低いかすれ声で礼を言った。ヨークの親切が意外だった。セーターはかすかに男くさい香りがして、手に柔らかだった。その手ざわりは、セーターにくるまれた厚くてがっしりしたヨークの胸板の感触を、否応なく思い出させた。

ブラウスの上からセーターをはおるオータムの手は震えていた。礼を言おうとヨークを見やったけれど、彼はもう膝の上に広げた書類に目を通すのに夢中になっていた。

飛行機に乗っている間に読む本を持ってくればよかった、とオータムは思った。所在なくそのへんにあった新聞を読んでいて、ふと顔を上げると、ヨークがじっと見つめていた。

オータムが読んでいたのは、一面の政治記事だったからだ。わたしが政治に興味を持つのがそんなにおかしいかしら？　ヨークはまた書類に目を落とした。まあ、いいわ。彼がどう思おうとわたしには関係ないことだ。別れた後で、どんなに目を皿のようにしてレイン航空に関係のある記事を読んだかということなど知られたくもないし、ましてそれがきっかけで政治や経済に関心を持つようになったことなど、ヨークだけでなく、ほかの人にだって知られたくない。

スチュワードが食事を運んできた。サラダ菜の上に載ったサーモンはごくりとつばをのむほどおいしそうで、少しも空腹でなかったのに、オータムはつい残さずに食べてしまった。その後から、薄くスライスした生の牛肉が出た。

ワインのお代わりを断ってから、オータムはヨークに、おいしいお食事だった、と礼を述べた。

「特別なものじゃないさ。ファーストクラスの客に出すのとまったく同じものだ」ヨークの言葉はオータムを驚かした。「僕の経験から言うと、飛行機の中で出る食事は簡単で、しかもおいしくて、それに盛りつけが美しいのが一番だ」

チーズとクラッカーを断ったオータムは、見まいとしながらも、ついクラッカーを割っているヨークの手もとを見てしまう。自信にあふれた手つき。その手で体に触れられたことを思い出して、オータムは赤くなった。

「よかったらシートを倒すといい。眠りたければライトを消すよ」スチュワードが食事を下げてしまうと、ヨークが言った。

オータムは、疲れてはいないわ、とつぶやいて顔をそむけたが、本当は眠くてたまらなかった。寝るまいと思っても、ついまぶたが下りてくるのをどうすることも出来ない。そのうちに何もわからなくなってしまった。

エンジンのうなりに、オータムははっと目をさました。こわばった体を伸ばしてみると、不自然な姿勢で寝ていたにしては、体に痛みがない。どうしてこんなに温かいのかしら？頭のあたりに何か柔らかいものが当たっている。顔をねじってみて、オータムはどきんとした。いつの間にかヨークの腕の中にいたのだ。

ヨークはぐっすり眠っていた。ひげが伸びているせいか、あごのあたりがかげっていて、いつになく傷つきやすい、繊細な顔つきに見える。そういえば結婚している間、一度もこんなふうに眠っているヨークを見たことがなかった――こうしてヨークに寄り添っていると、体の力が抜けていくような気がする。それに気づいて、オータムはあわててヨークの胸を押しやって、体を離そうとした。

ヨークが目を開いた。初めは焦点の定まらない瞳をしていたけれど、すぐにはっきりと目をさましたらしい。赤い顔をしているオータムを、皮肉をこめた鋭い目つきで見つめた。

「君は眠りながら僕を枕《まくら》代わりに使っていたんだぞ。習慣というのはなかなか抜けないものとみえる」

「習慣？」激しい調子でオータムはきき返した。後の言葉は、止める間もなくあっという間に口から飛び出していた。「あなたはいつだってわたしに背を向けて眠っていたわ！」

「へえ、君はこういうふうにして寝たかったのかい？　僕の腕の中で？」意味深長な言い方だった。ヨークの瞳にはいつにない輝きが宿っている。

わたしの出方次第で、家に着くなりベッドに連れていこうとしているのかしら？　本当のところ、何ひとつ変わってはいないのかもしれない。ヨークのほうは、とにかく女ならば誰でもいいと思っているのだろう。オータムはといえば、昔とは違うと口では言ったものの、自信をなくし始めていた。遠く離れているときはともかく、こんなに近くにいると、ヨークの存在が気になって仕方がない。

「昔どうしたかったかなんて、関係ないわ。大事なのは今のわたしがどう思うかってことよ」

「それで、君はどう思うんだい？」

「何も思わないわ」

「二時間ほどで着陸します」

まだヨークの腕の中にいるオータムを見て、機長は困ったように目をそらしたが、ヨークは平気な顔で手を放して、見てごらん、と窓の外を指さした。外は夜明けだった。

「シャワーを浴びてくる。狭くて、二人で入れないのが残念だね。でなければ一緒に入るのに」

取り残されたオータムはまっ赤になった。彼はわたしが家を空けていたことを、ほかの人にどう話していたのかしら？　それより、わたしが急にまた家に帰ったら、なんて説明するのかしら？

二人がヒースロー空港のターミナルの外に出ると、ヨークのロールスロイスが音もなく前に止まり、運転手が走り出てきて荷物を積みこんだ。

オータムは疲れてただぼうっとして座っていたけれど、そのうちに車がロンドンに向かっているのではないことに気づいた。外を見ると、〝ブリストル〟と書かれた標識が、ぼんやりとした目に映った。

「どこへ行くの？」わけがわからないまま、オータムはヨークに尋ねた。

「家さ」ヨークはそれ以上教えてはくれなかったし、あえて尋ねるのはオータムのプライドが許さなかった。

車はハイウェイから細い田舎道へ入り、丘を上ったり、下ったりしながら進んでいく。やっと夜の眠りから目ざめようとしている村を、車はいくつも抜けていった。真珠色の空に日光が差して、雲を紅色に染めている。生け垣に囲まれた小道を走っていくと、小鳥たちの朝の歌声がうるさいほどだ。ロールスロイスはやがて、重々しい鉄の門の前に来た。

砂利道を入り、テュダー王朝時代の農家の前で止まる。白い壁に埋めこまれたまっ黒な木が、美しい対比を見せている。

「こっちだ。ミセス・ジャコブにはもう話してあるから、疲れていたらすぐにベッドに入るといい」

正面のドアが開き、二人は四角い寄せ木を敷きつめたホールに足を踏み入れた。中を見まわして、オータムは思わず、まあきれい、と声をあげた。

壁は古びているけれどもつやを帯びていて、この家が何世代にもわたって大切に手入れされてきたことを物語っている。ひと目で名のある人の作品とわかる丸テーブルの上には、菊を生けた大きな真ちゅうの花びんが載っていた。階段の上の踊り場には、大きなガラス窓からさんさんと日が注いでいる。

「気に入ったかい?」やさしくヨークがきいた。

そこへ家政婦らしい人が、興奮してはねまわる金色のラブラドール犬をなだめながら入ってきたので、オータムはほっとした。

「心配しないでくださいな。犬は大好きなの」飛びついて手をなめてはちぎれるほど尾を振っている犬を見やって、オータムは笑いながら言った。

「お部屋にご案内しますわ」

「僕がするからいいよ」ヨークは気軽に言う。「だがその前に、ミセス・レインにコーヒーを差しあげてくれ」

ミセス・レイン。再びそう呼ばれるのは、奇妙な感じだった。

廊下ぞいにいくつもあるドアのひとつを、ヨークは開け、オータムを先にして中へと入った。息をのむほど美しい部屋だった。格子窓の向こうにはゆったりとした田園の風景が広がっている。天蓋《てんがい》つきの古風なベッドが部屋の真ん中に置かれ、床にはローズ色のぶ厚いカーペットが敷きつめられていた。ベッドカバーとカーテンはおそろいの淡いピンクとグリーンの花柄だった。

「僕の前にこの家を持ってた人は、何世代もここに住んできたんだ。そのたびに少しずつ手が加えられてきた。だから多少ちぐはぐだと思うものもあるだろうけど、僕はそこが気に入ってる」

それでこんなにアンティークな家具があるのね、と思いながらオータムは部屋の中を見まわした。

二つあるドアのひとつを開け、ヨークは「バスルームだ」と言うと、もうひとつのドアを見つめているオータムをやさしい目で見た。

「あっちは?」口の中がからからに渇いている。

「君はなんだと思う?」わざとゆっくり、ヨークがきいた。「ミセス・ジャコブは僕が妻を連れて帰ってくるのを承知していた――長い間別居していた妻をね。続き部屋を用意しておくのも当然だろう?」

さっと、ヨークはドアを開け、一歩中へ入った。

「ご推察どおり、こっちが僕の部屋さ。だが心配はご無用。僕のほうからドアを開けることはない」

ドアはぱたんと閉まり、オータムはひとり取り残された。ぼんやりしていると、廊下に面したドアがそっとノックされた。入ってきたのは荷物を手にした運転手だった。

「お茶をお持ちしましょうかと、ミセス・ジャコブが申しておりますが……」

「いいえ、いいの。すぐに下に下りていきます」

荷物を手早く片付けながら、ヨークはなぜこの家を買う気になったのかしら、とオータムは考えていた。再婚する気でもなければ、こんな家は、必要ないはずだ。胃のあたりがきゅっと痛くなる――いやだ、そんなことはわたしには関係ないのに。

ミセス・ジャコブは広々とした台所にいた。そこは農家の台所の面影を残していて、温かい家庭的な雰囲気が漂っている。

ミセス・ジャコブはお茶と手製のビスケットを出してくれた。

「居間にお持ちしようかと思ったのですけれど、旦那様《だんな》は書斎に入られてしまったので……」

「わたしはここでいただくわ。旦那様はいらないと思うけど……。家の中を見てまわってもいいかしら？」

「どうぞ、どうぞ。でもレイン様はご自分でご案内なさるおつもりでいらっしゃると思いますよ。奥様が下りていらしたら、書斎に来るように伝えてほしいと申しつかっております」

いよいよお芝居の始まりってわけね。わたしたちが和解したての仲のいい夫婦だってこと、忘れるところだったわ——とオータムは心の中で思った。

書斎は裏庭に面していた。以前は馬屋だった建物は手直しされて、離れになっている。本当にヨークがどんなつもりでこの家を買ったのか、オータムにはさっぱりわからなかった。ヨークならば、仕事仲間に見せびらかすようなきらびやかな大邸宅でも買いそうなのに。

オータムの心中を見透かしたのか、ヨークがそっけない調子で言った。「こんな家を買うなんておかしいと思ってるんだろう？　仕事を忘れてくつろげる場を僕が求めるなんて」

オータムはつい、言ってしまう。「これは子供のいる家族が住む家だわ」

「そう、僕には子供はない。でもだからと言って、この先ずっとそうだとは限らないだろう？」

ヨークが再婚を考えていようといまいと、どうでもいいはずなのに、庭で子供たちが遊んでいる光景を想像すると、胸の底から形容し難いもやもやした思いがこみ上げてくる。ヨークの子供たち。同じように濃い茶色の髪で……。

オータムのティーカップが、ソーサーの上でかたかたと鳴った。

「疲れているんだろ？」唐突にヨークが言う。「休んでくるといい。ミセス・ジャコブに、そっとしておくように言っておくから」

「お食事のときはお出かけ？」遠まわしにオータムは尋ねる。どうせ芝居をしなくてはいけないのなら、初めから役割をきちんと果たしたい。実情はともかく、はた目には二人はよりを戻した夫婦なのだから。幸福な家庭に見せかけることがヨークにとっては一番大切なら、それに協力しなければ……。

「今日は一日家にいるよ。ここにいても仕事には支障がないんだ。それどころかずっとはかどる。まあ今日はゆっくりすることだ。僕らがここにいるとわかったら、すぐにも客が押しかけてくるさ。金曜にはベスとリチャードが来る。トラベル・メイツの件で話があるんだ」

「そうして、わたしたちの〝仲直り〟が本物じゃないことを口外するなって口止めもしておくのね」

ヨークはきっとしてオータムを見た。

「ベスもリチャードも本物だと思ってる。わかっているのは僕ら二人だけだ。リチャードに打ち明けて、彼の胸で泣き崩れようなんて思ってもらっちゃ困る」

リチャードですって！　打ち明けるとすれば、ベスしかいないのに……。オータムは怖い顔のヨークをそっと盗み見た。ヨークはなんだか昔よりずっと気分が不安定に思える。やっぱり会社が大きくなると、それだけ精神的なストレスも増えるのだろう。

疲れていないと自分では思っていたのに、オータムは午後遅くまでぐっすり眠ってしまって、ミセス・ジャコブがお茶を運んできてくれるまで起きなかった。

「あら、起こしてしまいましたか？」眠そうに伸びをしているオータムに、ミセス・ジャコブは言った。

「いいのよ。これ以上寝たら夜、眠れないわ。こんなにいいお天気なのに、もったいないわね」

「今年の秋はほんとにお天気続きで。今週いっぱいまでそれが続くそうですから、ご心配には及びません。こちらの気候に体が慣れるまでのんびりさせてあげたいと、レイン様もおっしゃっておいでしたから」

「まだお仕事中？」

「いいえ、犬の散歩にお出ましです。ここにいらっしゃるときは今ごろいつもお散歩に行かれて、お夕食を八時半ごろに召しあがりますが、それでよろしいですか？」

「けっこうよ」

どうせほんのわずかの間しかこの家にいないのだから、ミセス・ジャコブのこれまでのやり方を変えてもらう必要などないのだけれど……。でも、こんなに美しい家が自分のものなら、女なら誰だってわくわくして、どこをいじろうかと考えずにはいられないはずだ。

そうだわ、ロンドンのフラットから服を取ってこなければ。オータムの持っているのは夏用の服ばかりだった。そのとき、ミセス・ジャコブが言った。「お荷物がおいり用でしょう。レイン様から、お目ざめになったらすぐ運ぶように申しつかっております」

「あら、荷物はさっき運んでもらって、もう整理をしたわ」

「ロンドンから運んでまいったお荷物でございますよ。ぜひ必要だろうとレイン様が……」

それじゃあ、ロンドンのわたしの部屋から、ヨークが……？　でもどうやって？

ヨークには出来ないことはないんだわ――苦々しい思いを、オータムは心の中でかみしめた。二階へ上がってみると、確かにオータムの服が入ったスーツケースがいくつか置いてあった。オータムの持っている服の数は決して多くはない。サラリーは悪くはないけれど、フラットの家賃は馬鹿にならなかったし、ベスに仕こまれた趣味に慣れてみると、気に入るような服にはなかなか手が届かなかった。

それでも、ヨークの恥になるほどひどい服じゃない……夕食のために着替えをしながら、鏡の前でオータムは考えた。くすんだグリーンとブルーの混じるドレスは、胸もとが広くくくれ、下はふんわりとスカートが広がっている。

ヨークは客間にいた。ディナー・スーツ姿なのを見て、オータムは着替えてきてよかった、と思う。もちろん、彼に見てもらうために着替えたわけじゃないが……。ただ、今の自分がその場その場にふさわしい服装をわきまえた大人の女性だということを、ヨークに見せつけてやりたかった。わたしはもう、昔のように何も知らない、おどおどした小娘じゃないわ……。

昔のオータムだったら、こんな時代ものの家具を置いた重厚な客間に招き入れられただけで、きっとびくびくしていただろう。けれども今のオータムなら、ゆとりを持って部屋を観賞することが出来るし、調度品について、専門家顔負けの意見を述べることも出来る。

食事を下げに来たミセス・ジャコブに、オータムはおいしかった、と丁寧に礼を言った。

「ずいぶん変わったものだな」ミセス・ジャコブが行ってしまうと、ヨークが皮肉っぽく言う。「昔はレストランに入るだけで、顔を赤くして、どぎまぎしていたんじゃなかったっけ？」

「そうかしら？　あなたが食事に連れていってくださったのは、たしか二回だけだったと思うけど。わたしと歩くのが恥ずかしいんじゃないかと思って悩んだわ。あなたもわたしが何かしくじるんじゃないかって、いつもびくびくしていたんじゃなくって？」

ヨークの頬にかすかに赤みがさしたように見える。ヨークも、まるっきり感じないわけではないようだ。

「今回は、なるべく二人で公の席に顔を出すほうがいいんでしょう?」

「服が必要だな。それに宝石類も」急にヨークは話をそらす。「君の銀行口座を作ろう」

「あなたのお金は使いたくないわ」オータムはぱっと立ち上がった。「わたしの服が安っぽくてお気に召さないのなら、お気の毒ですわね」

「君は妻の役を演じると言ったじゃないか。服も宝石も、舞台衣装の一部だと思えばいい」

テーブルの上に見覚えのあるダイヤとサファイアの指輪が置かれているのを見て、オータムは反射的に手を背中にまわしかけ、はっとして思いとどまった。

やがてオータムの左手の薬指に、ヨークの手で再び重い結婚指輪がはめられた。

「お帰り、ミセス・レイン。さ、客間でコーヒーを飲もう。その前に……」ヨークは小さな包みをポケットから取り出す。「今日は君の誕生日だろう? 開けてごらん」

自分でも忘れていた……。オータムは包みを開ける。

包みの中身は細長い革の箱だった。

「貸してごらん」ヨークが蓋《ふた》を開ける。白いサテンの台の上にダイヤとサファイアのネックレスがあった。それを取り上げて、ヨークはオータムの首にかけてくれる。

指輪とおそろいなのを見て、オータムは内心苦々しく思った。

「わたしが戻ってくるって思っていたのね」オータムはとげとげしい口調で言った。「いやよ。ほしくないわ」手をまわして留め金をはずそうとした。が、ヨークの手がそれをはばんだ。ヨークが後ろにぴったり寄り添っていると知って、オータムの体が震え出す。どんなに否定してみたところで、オータムはとうていヨークに無関心ではいられないのだ。こんなに近くにいると、決意がにぶってしまいそうになる。今、手を伸ばしさえしたら、ヨークは抱き締めてくれるだろう。よして！　オータムはぎゅっと唇をかみしめる。

「君が離婚したがっているのはわかっていた」冷たく、ヨークは言い放つ。「別にこれで君を買収する気はないさ。二年も別れていた夫婦がよりを戻したんだ。高価なプレゼントをしてどこが悪い？　僕は金持なんだよ。そして君はその妻だ」

「お金、お金、それしか考えないのね」感情的になって、オータムは言い返す。「お金じゃ買えないものだってあるのよ」

「たとえば？」

ろうそくの光に、ヨークの瞳はひすいのような輝きを放ち、彫りの深い顔立ちが濃い陰影を作っている。見つめていると、ふと近づいて頬に指をはわせたいという衝動に襲われそうだ。オータムはそんな気持を無理矢理押し殺した。

「たとえば愛情……」静かにオータムは言った。「でもあなたにはそんなものは必要じゃないわね」それだけ言うと、オータムはさっさと部屋を出ていきたかった。でも意地でもお芝居を続けなくてはならない。コーヒーをいれ、砂糖とクリームは、ときくオータムに、ヨークは唇をゆがめて見せた。

「それくらい覚えてないのかい？　妻として、そのくらいは知っておいてほしいな」

「ぼんやり者の奥さんもいるわ」

「君はそういう奥さんかい？」やさしい口調だった。

ヨークは動かなかったけれど、二人の間には男と女の間に生まれるある種の緊張感が張りつめていた。

口の中がからからになり、血液がどくんどくんと血管を流れていくのがわかった。オータムはカップを置く。手が震えていないのが、自分でも不思議だった。

「やめて、ヨーク。そこまで取り引きの中に含まれてはいないはずよ。わたしがあなたに関心を持ってないのは、さぞ悔しいでしょうけどね」

「本当にそうかな？」

ヨークの身のこなしがあまりに素早かったので、逃げる暇もなかった。はっと思ったときには、ぶ厚い胸の中に抱き締められていた。反射的に身をそらし、もがいたけれど、ヨークの腕はがっしりとオータムを捕らえて放さない。オータムを見下ろしているヨークの瞳がかげった。オータムはもう子供ではなかった。ヨークが何を求めているかは、疑いようもない。

「放して、ヨーク」声がかすれる。

「見かけは冷たいけれど、本当のところはどうかな？　いつか誰かが表面の氷を溶かすだろうよ」

オータムはがたがたと震えていた。かつてヨークに抱き締められるたびに感じた興奮と、オータムは必死に戦う。ヨークなんか……。だがオータムの心と体はばらばらだった。心は昔のあの恥辱を思い出して恐怖にすくんでいるのに、体はヨークに抱かれることを望んでいる。

勝利を悟ったかのように、ヨークは手をゆるめた。そのすきに、オータムは大急ぎで体を離す。

「臆病《おくびょう》だな。どう、僕の言ったとおりだろ？　冷たいのはほんの見かけだけさ」

「いいかげん、わたしを苦しめるのはやめて」弱々しく、オータムは言った。「このお芝居はあなたの利益にも結びつくのでしょう？　あなたが何をしようとしてるのかはわかるけど、わたし、もうその手には乗らないわ。体に訴えたってだめ」

怒りがヨークの顔を見る見る赤く染めた。「何を言ってるんだ。君だって望んでるくせに。僕にわからなかったと思うのかい？」

「二年前のことを、わたしが忘れたと思うの？」かすれた声で、苦しそうにオータムは言う。「人間には動物とは違って、感情と思考があるのよ。それだからこそ幸せだとか、不幸だとか言えるんだわ。わたしの体は、確かにあなたを覚えているわ。でも、わたしの心が覚えているのは、恐怖と反発だけよ」

「そんなに言うのなら、こうしてやる!」歯ぎしりしながら叫ぶと、ヨークは熱い唇を荒々しくオータムの唇に押しつけた。唇にヨークの歯が当たる。

恐怖がオータムの体をかけ抜けた。こうなっては、もう取りすました態度を取ってはいられなかった。オータムは必死にヨークの胸板をかきむしる。

やっと手を放したヨークは、胸を激しく上下させていた。顔はまっ青だった。だがオータムにはそれに気づくゆとりなどなかった。両手を胸の前で交差して、おびえた目でオータムは後ずさりした。

「君がいけないんだ。僕を怒らせるからだ。だが僕はまだ女をレイプするほどおちぶれてはいない。もっとも君はいつだって僕の気をそそって、そうさせるように仕向けるのが上手だったけどね」

あまりのことに、オータムは叫んだ。「ひどい、ひどいわ!」オータムはよろよろと客間を出て、部屋に戻った。

心の奥深くに閉じこめていたいろいろな思いが、熱い溶岩のようにどっと一度に噴き出してきた。オータムは苦しさにうめき声をあげた。

ヨークのせいだわ! 彼の口車に乗るんじゃなかった。疲れてはいるけれど、とても眠れそうにない。オータムは窓辺に立って、新鮮な空気を吸いこんだ。ふと庭を見ると、人影が動いた。ヨークの葉巻の火が見える。

これからのことを思うと逃げ出したくなる。けれども心の中で別の声がささやいた。こんな状態を克服しなければいつまでたっても本当に自由にはなれないのだ――ここに残るのよ、オータム。

# 6

ある日オータムが庭にいると、ヨークが家から出てきた。五十代後半らしい、年配の男と若い娘が一緒だ。ひとりでないのを見て、内心ほっとする。

「サー・ガイルズ、妻のオータムです。こちらはサー・ガイルズ・バーロウだよ、ダーリン。それからこちらの美人はお嬢さんのアネット」サー・ガイルズの後ろにいる女性を、ヨークはからかうように見た。

アネットはオータムには目もくれずにヨークに花のような笑顔を向けている。ぴったりしたベルベットのズボンに革のブーツをはき、細身のベストという服装だ。年はせいぜい十七歳というところだろう。

アネットがオータムを無視していることは、ヨークにもサー・ガイルズにもわかったに違いない。サー・ガイルズは、娘がヨークの腕に手を通すのを見て、ちょっと顔をしかめた。アネットはわざと豊かな胸をヨークの腕に押しつけるようにしている。

「ヨークと仲直りされたそうで、おめでとう」サー・ガイルズはオータムに言う。「ヨークほどの人物になれば、当然奥方が、しかも彼にふさわしい奥方が必要ですな」

アネットに聞かせているのかしら？　それともヨークに？　ヨークとの会話を聞いているうちに、サー・ガイルズが政府筋の人間であるのがわかってきた。妻がいるほうが受けがいいと忠告したのは、この男なのだろうか？

「すみませんな。お帰りになる早々ご主人をお借りしてしまって。実はヨーク、わたしが来たのは、君たちを首相の私設秘書のチャールズ・フィリップスに紹介したかったからなんだ。チャールズとはイートン校で一緒でね。何日か、うちに泊まる予定になってるんだ。首相は今懸案中の法案に関して、実際に産業にたずさわっている人間の意見を聞きたがっている。もちろん非公式にね」

「来てくれるわね、ヨーク」アネットが息をはずませて甘ったるい声を出した。「あなたがいなきゃ、退屈しちゃうわ」

ヨークさえいれば、どんなに退屈なことも我慢出来るって言いたいのね……わたしアネットに、嫉妬《しっと》しているのかしら？

「喜んで二人でうかがいますよ」ヨークはオータムが避けられないのをいいことに、むき出しのオータムの腕に手を触れる。うまくやれよ、とでも言いたげだ。

「ダディが新しいドレスを買ってくれるんですって」アネットの瞳は冷たい光をたたえてオータムを見すえている。「サスーンのドレスよ。ご存じないかもしれないけど」軽蔑《けいべつ》したようにオータムを見た。「あなたは何をお召しになるの？」

「さあ、まだわからないわ」にっこり笑って答えると、オータムはサー・ガイルズにコーヒーを飲みましょうと誘った。

「いっそう言っていただけるかと、心待ちにしていましたよ」サー・ガイルズはうれしそうに笑った。「やもめ暮らしで何が困るといって、食事が一番困りますな。アネットはあんまり家庭的とは言えませんのでな。そうだろう？」

家に入るとき、ヨークはいかにも大事な妻をエスコートするかのように、オータムに手を貸した。

ガイルズ親子が帰ってしまうと、オータムは冷たく言った。「わたしたちを招待したのは、仲のいい夫婦かどうかみんなで確かめるためなのね？」

「そうだよ。いよいよ芝居の幕が開いたんだ。今さら後戻りは出来ないぞ」

「わたしが役を下りるかどうかは、あなた次第よ。こんどのご招待にはたくさん集まるの？」

「かなりね。心配になったんじゃないだろうね？」

「いいえ。こんなに急でなかったら、ドレスを買えたのに」言い訳がましく切り出すと、ヨークはそんなこと、と言わんばかりに肩をすくめた。

「午後にでもロンドンまで車を出してあげるよ。僕はオフィスに寄るから、その間買い物をしなさい」

運転席に座ったのはヨーク自身だった。ロールスロイスではなく、車体の低いスポーツカーで、革のシートは体が沈みこむほど深々としている。二人きりで車に乗るのは、なんとなく気が重かった。

オータムはボンド街で降ろしてもらった。ヨークがオータムに多額の小切手を差し出す。

「これも仕事に必要な経費と思って受け取ってくれ。僕はこれくらいの必要経費は出せるんだよ」ヨークはそう言い捨てるとさっさと行ってしまう。

小切手に手はつけまいと思ったけれど、午後中歩きまわっても、オータムの手持ちのお金で買える服で、気に入るものなど見つからなかった。結局ヨークの小切手を使うほかない。

メイフェアのとあるお店で、オータムは思い描いていたとおりのクリーム色のシルクの服を見つけた。上品で、それでいてセクシーな服だった。ピンタックのあるふくらんだ袖に四角くカットした衿もとが、胸のふくらみを強調している。しぼったウエストからすそにかけて、何段にもなったティアードスカートで、すそはクリーム色のサテンのリボンの縁取りがしてあった。ちょっと間違うと子供っぽくなるデザインなのに、不思議にそうではなく、挑発的な感じさえした。

「ジーナ・フラッティーニのものです。お高いけれどとてもいいものですわ」と店員が言った。

帰ろうとしたオータムは、もう一着のドレスにふと目を留めた。

「ああ、これですか？　特別注文でお作りになったんですが、お客様のお気が変わって、お持ちにならなかったんですの」

「着てみさせてくださいな」

さっきのドレスとはまったくイメージの違う服だった。同じクリーム色のシルクだけれど、タキシード風のジャケットにそろいの細身のズボンがついていて、フラメンコの男性ダンサーを思わせた。アンソニー・プライスのデザインで、値段もぎょっとするほど高かった。でもオータムは買わずにはいられなかった。

ヨークとはフォートナム・アンド・メイソンのコーヒーショップで待ち合わせることになっていた。

「いいのがあった？」オータムの手にした包みを見やって、ヨークはのんびりした調子で尋ねる。

「ええ……」

オータムはタキシード風スーツを買ったのを後悔し始めていた。あんなにセクシーなスーツを、いつ着るというのだろう。

「ロンドンで夕食をするっていうのはどうだい？　それともうち、へ帰りたいかい？」

「あの家でお食事したいわ」わざと〝うち〟とは言わなかった。気づいたのか、ヨークは口もとをゆがめる。

「あの家はただの〝家〟で、〝うち〟じゃあないって言いたいのかい？　だがこれから何カ月かは、あそこが君のうちだってことを忘れてもらっちゃ困るな。ああ、それで思い出した。クリスマスにうちでちょっとしたカクテル・パーティを開きたいんだが、やってくれるかい？」

よほど驚いた顔をしたのだろう。ヨークは皮肉っぽい笑いを浮かべた。

「仕事仲間がみんな、やっと帰ってきた奥方を見たがってね」

「みんなにはなんと言ってあるの？　今まで別れて暮らしていたこと……」

ヨークは肩をすくめる。「たまたま僕の仕事が忙しすぎて、そうせざるを得なかった、とだけ言ったさ。ほかにどう言いようがある？」ヨークは乱暴な口調になった。「まさかベッドを共にするのが耐えられなくって、家出したとも言えまい？」

「男の人はともかく、女の人はそんなことを言っても信じやしないわ」

「それはそれは、どうも」ヨークの瞳がぎらっと光る。オータムはあわてて、いつもの氷のように冷たいよそよそしさを身にまとった。うっかりしたことを言って、ヨークを怒らせては大変だ。

「夕食は八時半だ。遅れないうちに帰るとしよう」

車の中で、オータムはひと言も口をきかなかった。いつもいつもこうして意識的にヨークとの間に距離を置いてつき合うのは、神経が疲れた。まだ一週間もたたないのに、もう我慢の限界に来ているような気さえする。でも、なんとか自由を手にする日のことを思って、がんばらなければ。

その晩の夕食を締めくくるラズベリー・スフレを食べ終わるころ、オータムは満足のため息をついていた。

「パーティには何人くらいご招待するの？　あまり大勢だったら、出張サービスを頼むわ」

「五十人、いや六十人くらいかな」ヨークはオータムの反応をうかがうように、じっと顔を見ている。

昔のオータムだったらとてもこなせなかっただろうけれど、アランの下で働いている間に、オータムはすっかりそういうことに慣れていた。オータムは自信たっぷりにほほえんだ。

かつてホテルで働いた経験がものを言って、ホテル関係の仕事につくことは出来たものの、待遇は決してよくはなかった。やりがいのある仕事を与えられたかったら、人一倍働かなくてはだめだということに、オータムはすぐ気づいた。だから昔の自分を捨てて生まれ変わろうと固く決心したのだ。

乏しい給料をやりくりして、美容と服装のアドバイスをしてくれるコースにも通った。ロンドンのような大都会では、見かけがとりあえずはその人の価値を決めてしまう。どんなに心がきれいでも、気立てがよくても、外見がみすぼらしければ誰も振り向いてはくれないのだ……。

様々な思いを胸に閉じこめて、オータムはヨークにコーヒーを注いでいた。他人が見たら、仲のいい夫婦が食事をしてると思うだろうな、と考えながら。以前、ヨークは食事がすむなりさっさと書斎にこもってしまったものだった……。

古風な暖炉で、火がぱちぱちとはぜ、部屋中にかぐわしいにおいが漂っている。ヨークが身動きするのを見て、オータムははっとした。いかにも家庭的な雰囲気が、ヨークの危険な感情の炎をまたかき立てたのだろうか？

「いいかげんにしてくれ」ヨークが怒ったようにうめく。「何かしようなんて思ってやしないさ。明日の晩はそんな態度を取らないでくれよ。でないと僕らが仲直りしたことなんか誰にも信じてもらえないぞ」

「仲直りを信じたくない人だっているでしょうに」アネットのことを思って、オータムは皮肉った。オータムが戻ったことを喜ばないのは、アネットだけではないに違いない。

「何が言いたいんだ？」

暖炉の火に、ヨークの瞳が怒ったように光る。オータムは一瞬ぞっとした。ヨークがどんな人間か、忘れてはならない。昔苦痛と恐怖にかられてこの男から逃げ出したことを、肝に銘じておかなくては。

「あなたとわたしがよりを戻してがっかりしてるのは、アネットだけじゃないでしょう?」

「やいてるのか?」

「なんでわたしが?」

「そうだったな。君の心は氷に閉ざされているんだった。だがアネットに悟られるような真似《まね》はするな」

「サー・ガイルズのお嬢さんだから、ご機嫌を損ねないようにしろって言うのね。そんなにサーになりたいの? わたしのことはどれほど傷つけたって平気なのに」

「君と彼女とじゃ、比較するほうが無理だ」

オータムは怒りで声が震えた。「あら、ごめんなさい。そりゃあ貴族のお嬢様と、名もない孤児とじゃ、全然違いますものね……」

吐き捨てるように、ヨークが言った。「そんな意味で言ったんじゃない!」

「じゃ、どういう意味? まさかわたしが気がついてないなんて言わないで。アネットはあなたに気があるし、あなたが彼女を誘惑したらサー・ガイルズだってご満足でしょうよ」

「君を誘惑したように、か？」ヨークが言葉を継ぐ。「僕はそんなことをした覚えはないよ。君がどう思ってるか知らないが、僕らはお互いにお互いを選んだと、僕は思ってる。だが君の推測もまんざらはずれてはいないな」

オータムは口をつぐんだ。ついかっとして我を忘れてしまったことが、ショックだった。ヨークと別れている間は一度もそんなことはなかったのに、一緒に暮らし始めたとたんに、またこんなに怒りっぽくなるなんて。

「もう寝るわ。疲れたの」

ヨークは何も言わなかった。部屋に帰ったときには怒りは治まっていたけれど、興奮したせいかひどく頭が痛んだ。長いこと感情を抑えて暮らしてきたので、自分にこんなにも激しい感情があるのをすっかり忘れていたのだった。ヨークにかかると、簡単に心の砦《とりで》を取り崩されてしまう。ヨークはいつだってわたしをぎりぎりまで追いつめてしまうんだわ――改めてオータムの心に恐怖がこみ上げてきた。心を静めようと、シャワーを浴びて、鏡の前で髪をとかす。

気持が静まってから、オータムはもう一度自分の心を分析してみた。わたしは口ではどう言っても、ヨークに無関心ではいられないのだ。ヨークが近くに来るたびに、体が緊張でこわばってしまう。心臓がどきどきして口の中がからからになり、血が逆流するような感じがする――それはヨークとの結婚の副産物だった。とにかくこれを克服しなければ。

そっとドアをノックする音がした。そしてヨークが入ってきた。かたんと音を立てて、オータムの手にしていたブラシが床に落ちる。かがみこんでそれを拾い上げながら、ヨークの視線は薄いナイトガウンをはおっただけのオータムに注がれている。

オータムは喉がつまりそうな息苦しさを覚えた。わなにかかった動物のように、体がすくむ。

「忘れものだ」ベッドの上に、オータムのハンドバッグがぽいと投げ出された。

心がもろくなっていて、とても自分の気持をコントロール出来ない。少しでも動いたら、体がばらばらになるような気がする。ヨークがベッドルームにいるというだけで、理性などどこかへ吹き飛んでしまう。かつての記憶がどっと押し寄せてくる。オータムは歯をくいしばってうめき声をこらえた。

「お願いだ、オータム」耐えられないというように、ヨークがつぶやく。「そんな目で僕を見たら、みんながだまされると思うかい？」

ヨークが近づいてきた。オータムはじりじり後ろに下がる。足が震えている。膝の後ろに、ベッドの端が当たった。そのとたんぎゅっと腕をつかまれて、オータムは声も出ない。

ヨークはといえば、怒りに青ざめて、そんなオータムをじっと見下ろしていた。

「そんな目で見られるようなことをした覚えはないぞ。言ってやろうか——君が怖がってるのは僕じゃない、君自身の感情なんだ」ヨークの指がオータムのあごをつかんでいる。

目の前で、ワイシャツの白さがまぶしい。「自分じゃきらってるかもしれないが、君は情熱的な女なんだ。僕は一度だって無理じいはしなかったぞ」

　オータムは両手で耳をふさいだ。苦痛に、瞳が大きく見開かれる。「やめて、やめて。聞きたくないわ」

　ヨークは体重をぐっとかけて、オータムをベッドの上に押し倒した。怒りのために瞳の色が黒ずんでいる。

「よく聞くんだ！　いくらクールな女のふりをしたって、本当の君はそうじゃないんだ」オータムの体を、かっと熱いものが走り抜ける。「君を腕に抱き締めたあの感触を、僕が忘れたと思うのか？　君だって忘れちゃいないだろう？」

　オータムは反抗するように、頭を左右に激しく振った。昔のことなど思い出したくもない。

「嘘《うそ》よ……わたしあなたを求めたことなんてない！　誰も必要じゃないわ」ヨークの体の重みは、長い間忘れていた感覚を呼びさました。オータムがおそれていた、いつも思い出すまいと努めてきたあの感覚。こぶしがヨークの胸を打つ。だがヨークはオータムの両手首を握ると、オータムをベッドの上に押さえつけた。体をねめまわし、反応をうかがうようにオータムの顔を見つめる。

「心配するな。無理じいはしない。君がその気になるまではね」

「なるもんですか」オータムは力いっぱい体をひねる。青白い顔に、瞳がアメジスト色に光る。

ヨークは更に深く身をかがめた。息が髪にかかり、唇がオータムの唇をかすめる。ヨークはそこで顔を上げ、オータムを見つめた――どうか心の内が顔に出ませんように――つかの間の愛撫《あいぶ》にも、オータムの体は忘れていた昔を思い出していた。

「放して。それとも刺激がほしくてこんなことをするの？」

オータムは発作でも起きたようにがたがたと震えている。ヨークはそんなオータムの肌をやさしく唇でなぞり始めた。そっと唇にキスされると、頭がくらくらする。動かずにじっとしているのさえ、やっとだ。

「無理じいしたなんて言われたくはないからね」ヨークは起き上がった。じっと見つめているオータムをそのままにして、二つの部屋を結ぶドアの前で、彼は言った。「その気があるなら、どこへ来ればいいかわかってるね」

ドアが閉まった。オータムは大きく身震いした。一瞬にせよ、体が自分を裏切ったことが悔しい。ヨークが察知したとおりだった。かつてあんなにつらい目にあわされたのに、それでも一瞬、体中が痺《しび》れ、力が抜けてしまった。ヨークが体を離さなかったら、彼に応じていたかしれない。

悔しさがこみ上げてくる。オータムは部屋を歩きまわった。わたしはどうなっているんだろう？　それとも女というのは、初めての男性が忘れられないものなのだろうか？　ヨークは？　サーの称号がほしいから、それでわたしに戻ってほしかっただけ？　それともわたしに未練があるのかしら？　プライドの高い人だから、わたしが家出した後、腹立たしい思いをしたに違いない。この四カ月で、そのときの仕返しをするつもり？　オータムはまたぞっとして身震いする。それから長い間眠れなかった。

オータムはもう何も考えないことに決めた。翌朝下へ下りていくと、ヨークはもう朝食を取っていた。冷たい表情のまま目であいさつすると、オータムはさっそく新聞を広げて読むふりをした。セント・ジョンズ島についての記事が目に留まる。有名な旅行評論家の書いたものだった。

首筋にヨークの視線を感じる。彼は席を立って、オータムの後ろに立った。オータムは新聞から目を上げなかった。ヨークの手が、なでるようにオータムの肩をさわったとき、ちょうどミセス・ジャコブが入ってきた。オータムはぎくりとする。家政婦は、二人が仲がよいと思っている。

それをいいことに、ヨークはオータムに寄りかかるようにして新聞をのぞきこんだ。

「ピーターズはなかなかうまく書いてくれたな。島の予約が増えるまでには、まだまだいろいろ手を打たなきゃならんが」

「あなたが書かせたの？」驚いて、ヨークを無視するつもりだったのをつい忘れてしまった。

ヨークはしてやったりと言わんばかりに、にやっとする。「当然だろう？　たいそうな額を出資したんだ。僕はね、どんなものでも、もとは取る主義でね」そして変にやさしい声で、ヨークはつけ加えた。「夕食はいらないと、ミセス・ジャコブに言っておいてくれ。そうそう、僕は書斎にいるからその気になったらいつでもおいで」

「行くものですか」ヨークがじっと見ているのに気づいて、オータムは低くつぶやく。

「絶対に！」

外出のしたくをするのも気が重かった。それでもサー・ガイルズの家に招かれたとなると、いいかげんな格好は出来ない。

アイシャドーをつけたので瞳の色がいつもより濃く見える。マスカラがまつげの長さを強調して、目を大きく見せている。

ドレスに袖を通す。衣《きぬ》ずれが肌にやさしい。そのくすぐったいような感触を楽しんでいる自分に気づいて、オータムは驚いた。

髪はゆるくまとめて、きらきら光る人造石をちりばめたくしで留める。やさしい感じになるように後れ毛をわざと少し首筋に残しておいた。リップ・グロスを塗っているとき、ノックの音と共にヨークが姿を現し、冷ややかにオータムを見つめた。

ドレスから、むき出しの肌へ視線を移すとヨークはつぶやいた。「君のその体には、熱い血が流れている。僕も君も、そのことを知ってる。違うかな?」

サー・ガイルズの、ジョージ王朝風の邸宅が、ロールスロイスから降り立った二人の前にそびえていた。内部に明々と光のともった壮大な館《やかた》だった。霜でも降りそうな寒い夜だった。ダークブルーのベルベットを思わせる空に、星のダイヤモンドがちりばめられている。

ホールに足を踏み入れたとたん、アネットが現れた。そしていきなりヨークに飛びついて、頬にキスをした。サー・ガイルズが顔をしかめているのにオータムは気づいて、つとヨークに近寄ると腕を取って寄り添った。

ヨークはびっくりしたようにオータムを見つめた。けれども彼が口を開くより早く、サー・ガイルズが二人を促して、ほかの客たちのところへ案内した。

仕事をしているうちに、オータムはいろいろな分野の人たちとつき合う術を心得るようになっていた。昔だったら人の目を気にしておびえていただろう。けれど、今は穏やかな微笑を浮かべて、好奇心をむき出しにしてヨークとよりを戻したことを質問してくる客たちに接していられる。

アネットはこれ見よがしにヨークの片腕にぶら下がっている。オータムはますますサー・ガイルズに同情してしまった。娘を溺愛《できあい》しているけれど、それでいて娘の性格を見抜くだけの目は持っている。だからいつもはらはらしてアネットを見ているのだろう。アネットのほうは、敵意をあらわにしてオータムのドレスをじろじろ見ていた。あまりに子供っぽいその態度に、オータムはこっそり横を向いて笑ってしまう。

「あらまあ、じゃ、あなたがヨークの奥様ね」

小柄な銀髪の婦人が、オータムの後ろに立っていた。指にはめたダイヤにも負けないほどきらきら輝く目をしている。その人はふっくらした顔をかしげて、じっとオータムを見た。

「ヨークをよくご存じなんですか？ ごめんなさい、わたし……」

「わたくしを知らないっておっしゃるのね」くっくっと、小さく喉が鳴った。「ご主人はお忙しくて、わたくしをあなたに紹介してくださる暇なんかなさそうね！ わたくしね、ヨークを子供のころから知ってますの。昔から見どころのある子供だったわ。だから成功したのも当然だと思いますよ」

「まあ、小さいころから？」

「わたくしたち、同じ村にいましたの」その婦人は続ける。「ヨークがこのコッツウォルズで育ったこと、ご存じじゃない？」

「彼はそういうことを話してはくれませんの」

「それはわかりますよ。彼がよくここへ戻ってくる気になったって、わたくし驚いているほどですもの。こういう形で過去に向かい合うのは、勇気がなければ出来ないことよ。でもあなたがご一緒で、安心しましたわ。結婚したと聞いて喜んでいましたの。ヨークには誰よりも家庭が必要だったんですから。なのにその後ヨークはひとりでここへ帰ってきて、あの家を買ったわ。ああ、やっぱり過去の傷跡を消しきれなかったのかしらって、心配しましたけれど、でも今夜こうしてあなたにお会いして、ほっとしましたのよ。わたくしの取り越し苦労でしたのね。よかった。ヨークには幸せになってほしいの。子供のころのヨークは気の毒でしたもの。主人が治安判事をやっていまして、それで初めてあの子に会いましたの……」

もっとよくきこうとしたそのとたん、ヨークの手が腕にかかった。ヨークは心からうれしそうな笑顔で、その婦人を紹介する。「レディ・モーレーだ」

婦人はヨークの差し出す手を取ろうとはせず、音を立てて彼の頰にキスをして、楽しそうに笑った。「年寄りの特権よ。ここに集まってるご婦人の中で、あなたにキスしたいと思わない人はいないわ。とってもすてきなご主人ですもの」これはオータムに向かってだった。「運のいい方ね。近々家にいらっしゃらない？　来週の木曜はいかがかしら？」

その日に会うことを約束して、オータムはヨークに従ってチャールズ・フィリップスのところにあいさつをしに行った。彼は小柄できびきびした人で、如才なくオータムにも話しかけてくるけれど、鋭い瞳が抜け目なくじっと二人を観察している。

「カリブの島でお仕事をしていらしたそうですな。このコッツウォルズとは、ずいぶんと違ったところなんでしょうなあ」

「でも、ここもとてもいいところで気に入っていますわ。最近はヨークも家にいてくれることが多いですし……」

「そうそう。ヨークがあまり忙しくしていたので、しばらく別居されていたそうですね」

「僕らは二人共、そのことはもう忘れたいと思っているんです」ヨークが口をはさんだ。

「さ、ダーリン。みなさんに君を紹介するよ。おいで」

ダーリンと呼ばれてオータムはかすかに眉をひそめたけれど、アネットがつと前に立ったのに気づいて、かろうじてため息を押し殺した。どうやら彼女はだいぶ飲んでいるらしい。ゆらりとヨークにもたれかかると、アネットは彼の腕に手をかけた。

「踊ってほしいわ」オータムを無視して、アネットはハスキーな声で言う。思わず目をそらしたオータムは、そこにジュリアの姿を認めてぎくっとした。そういえば、ジュリアの父は手広く事業をやっているのだから、彼女がここに来ていても不思議はないのだ。ジュリアもオータムを見ると、皮肉な笑いを浮かべた。

「ああら、オータムゥ」語尾を引きずった言い方をして、ジュリアが近づいてきた。「お会い出来てうれしいわ。ヨークとよりが戻ったっていうのは、やっぱり本当だったのね。

こちらトビーよ」連れの男性を振り返って、ジュリアは続ける。「彼はゴシップに関しては誰よりも早耳なのよ。ヘラルド紙の社交欄を担当してるの、ね？」

ジュリアの恋人なのだろう。オータムにはぴんと来たけれど、彼女が今でもまだヨークに熱っぽい視線を注いでいるところを見ると、トビーにはそれほどご執心ではないらしい。

昔とちっとも変わっていないわ——オータムは二年前を思い出して不愉快になった。

「でもヨークったら相変わらずね。若い娘好みなのは変わってないじゃない。お気の毒に、さぞやきもきなさるでしょうねえ」

「やれやれ、この人の言うことなんか気にしないほうがいいですよ」トビーがオータムに向かってにやりとする。「アネットのことは、あのかわいそうなパパ以外のみんなが知ってるんだから」

「あら、あなたはヨークを知らないからよ。結婚したときオータムだってまだほんの子供だったのよ」

「十九歳でしたわ」そっけなくオータムは答える。

「そうそう。ヨークのほうは三十を過ぎていたわ。長続きはしないって、忠告したのに」

「当たりませんでしたわね」わざとにこやかに、オータムは言った。「ごらんのとおりになりましたもの」オータムは振り向いてヨークの腕を取った。

事情を察したヨークは体をこわばらせている。アネットがまたダンスをせがみに来た。

その挑発的な態度は、オータムのかんにさわった。

「わたしとしか踊らないって、約束よ」かすれた声でオータムは言って、冷たくアネットを見た。ヨークの腕に二人が両側からぶら下がっているのは、こっけいな図に違いない。ヨークの腕が伸びて、オータムのウエストを抱き寄せた。アネットの瞳に怒りが燃え上がる。そして二人からやっと離れた。ヨークはオータムの上にかがみこんで、緑の瞳でじっとオータムの目をのぞきこんだ。

「ありがとう。助かったよ。君の演技はたいしたもんだ」

「でも、恋のさや当てのシーンは苦手だわ」

「アネットにも困っている。僕はああいうタイプは苦手だ」

「そう?」まるでやきもちをやいている奥さんみたいな口ぶりだわ……。ヨークがじっとオータムを見つめている。

「あんな子供が、僕の気に入ると思ってるのかい?」

「あの人は子供じゃないわ。わたしがあの年ごろには子供だったけど……」こんな話を始めなければよかった。オータムは触れたくないことに、自分から触れてしまったのに気づいた。

「君は彼女と違ってうぶだったと言いたいのか? 僕に会うまでは純潔だったと? 次は、僕が君を無理矢理誘惑したとでも言い出すんだろう」サー・ガイルズが近づいてくるのを見て、ヨークは言った。「さ、アネットが戻ってくる前に踊ろう」

　二人はダンス・フロアに出た。ヨークはオータムを胸の鼓動が聞こえるほどそばに引き寄せる。体を離そうと、厚い胸板に手をかけたけれど、ヨークの力は強かった。シルクのシャツの下のヨークの肌のぬくもりが、過去の思い出を否応なく引きずり出す。ヨークの唇がこめかみにやさしく触れた。抗議しようと声をあげかけると、ヨークがもっと体を押しつけてきた。

「みんなが見てるぞ」

　オータムは体を固くして、ヨークの肩越しに向こうを見ようとしたけれど、その結果ますますヨークに体を密着させることになった。ヨークの指が背筋をそっとなで下ろしていく。オータムは無言の反抗を試みた。ところがヨークはやめるどころか、ぴったりと体を押しつけて、ますます腕に力をこめてきた。運悪く、音楽はスローテンポだった。

　ダンスが終わるのが待ち遠しかったが、やっと曲が終わった。

「いや、仲のよろしいことで」サー・ガイルズは上機嫌だった。

　チャールズが帰り、パーティはお開きになろうとしていた。ヨークがコートを取りに行ってくれている間、オータムはサー・ガイルズとホールで話していた。ふと気がつくと、ホールの奥の薄暗がりで人影が動いている。「キスして、ヨーク……」アネットの声だった。

サー・ガイルズにも聞こえたに違いない。オータムはとても彼の顔を見られなかった。サー・ガイルズはおずおずとオータムの腕に手を触れた。「許してください。アネットが勝手にご主人を気に入ってましてな。でもご心配には及びませんよ」

「ちっとも心配なんかしておりませんわ」

本当のことだ、とオータムは自分に言い聞かせた。そこへアネットとヨークが姿を現した。アネットは勝ち誇った表情を浮かべて、つとオータムの前を通り抜けた。

ヨークは平然とした顔でオータムの肩にコートを着せかけた。

サー・ガイルズが去ると、オータムは冷たく言った。「ひとり誘惑するだけじゃ満足出来ないってわけ？　それとももっぱら子供をえじきにするのがお好きなの？」

さっと身をよけるつもりだったのに、それより早くヨークに肩をつかまれていた。ヨークの顔は土気色だった。オータムは殴られるかと思って身をすくめたけれど、彼の態度は意外なものだった。

「僕ら、アネットに意地悪をしすぎたかな？」

「あら、わたしはサー・ガイルズに同情しただけよ」と言ってはみたものの、いかにも空々しく聞こえる。ヨークの顔を見る勇気はなかった。確かにサー・ガイルズに同情を覚えたのは事実だったけれど、アネットに激しい嫉妬を感じたのもまた本当だった。でもなぜ？　ヨークとの仲はとっくに終わったはずだわ。それでもまだアネットにやきもちをやくなんて。

家に向かう途中、オータムは勝ち誇ったような自信をみなぎらせたヨークに圧倒されて、黙りこんでいた。ヨークの体からは不思議な磁力が発散されていて、認めようと認めまいと、オータムはそれに引きずられているのだった。車の中には異様な緊張が漂っている。それに対抗するように、オータムは体に力をこめて座っていた。

問題なのは、四カ月間一緒に暮らすのに同意したとき、わたしがそのことを忘れていたことだ――結婚していたら、どうしたってこういう危険な瞬間があることを。しかもヨークは、かつてオータムにすべてを教えてくれた男性だった。彼によって味わった喜びを、オータムは思い出すまいと努めてきたけれど、オータムの体は今、そんなオータムの心に反抗していた。

# 7

オータムは乱暴に服を脱ぎ捨てた。胸の奥底にいつの間にか忍びこみ、しっかり根を下ろしていたヨークに対する執着を振り払おうとでもするように。ダンスをしながら抱き締められた感触が、まだ体に残っている。震える唇から、低いうめきがもれた。ドアの向こうでヨークの動く気配がする——君から開けるのでなければ、このドアは開けないさ——ヨークの声が聞こえてきた。オータムはぞっとして身を震わせる。

髪をほどこうとして首筋に手をやったとき、ネックレスをしていたのを思い出した。はずそうとしたけれど、留め金が固くてどうしてもうまくいかない。オータムは唇をきっと結んでドアの方を見やった。しばらく無駄な努力を続けた後、オータムはバスルームの鏡の前に立った。裸の体にネックレスをつけただけの自分を見て、顔をしかめる。ネックレスは、光を受けてきらきら光っていた。まるで首輪だわ——引きちぎりたい衝動を抑えて、オータムは自嘲《じちょう》気味に思った。やがてお風呂からあがったオータムは、ナイトドレスをベッドの上に置いてきたのを思い出して、舌打ちをしながらバスタオルを体に巻いてぱっとドアを開けた。

ヨークが壁にもたれかかっている。彼の裸の上半身を見て、オータムは息がつまりそうだった。

「な、なんのご用？」怒りに目をきらきらさせて、オータムはくってかかった。

「なんだと思う？」ヨークの手がタオルに伸びる。「今夜は妻の役を完璧《かんぺき》に演じてくれたから、その続きをやってもらえるか確かめに来たのさ」

恐怖で体がすくんで、オータムは反射的にタオルを手で押さえようとした。が、ヨークはそれより早くタオルをはぎ取ってしまう。むさぼるようにオータムを見つめるヨークの視線に力がこもっている。

「やめて」後ずさりしながら、オータムが言った。「わたし、入ってきてほしいなんて言わなかったわ」

「とんでもない」オータムの手首をつかんで、ヨークはくぐもった声でうめいた。「今夜はずっと、僕を誘っていたじゃないか。君のあの態度……君は僕を求めてるんだ」残酷な言葉だった。「望みどおりにしてあげよう」

ヨークは理性を失っているのだろうか？　だがオータムは、今夜の彼がほとんど飲んでいないのを知っていた。

「いやよ」オータムはなんとかしてヨークの体から目をそらそうとした。かつてオータムがおずおずとキスをしたこともある、ヨークのがっしりした胸……記憶が急によみがえってきて、オータムは口の中で小さくうめいた。男臭い彼の体臭までが、生々しく思い出される。

ヨークは素早くオータムを捕らえると、息も出来ないほどきつく抱いた。オータムは体をよじったけれど、もがけばもがくほどヨークにぴったりと体を押しつけることになった。

「君は僕がほしいんだ。今夜、君はそれを認めることになる。言葉と、それに行動、両方でね」

オータムは吐き気さえこみ上げてきた。狂気のような叫び声をあげようとするその口を、ヨークの指が押さえた。

「放して、ヨーク」ヨークの唇が喉に触れる。もがくオータムの両手首を背中にまわして、ヨークは片手でしっかりと押さえこんだ。

必死に抵抗するオータムの蒼白《そうはく》な顔を、ヨークは情け容赦のない瞳で見つめた。オータムはヨークの腕の中でのけぞった。首筋がどきどきと脈打っているのがわかる。

「やめて、ヨーク」かすれ声で懇願したけれど、ヨークの唇はゆっくりと、じらすようにオータムの肌の上をなぞり始めた。くいしばった歯の間からうめき声がもれ、オータムの瞳は恐怖と怒りに大きく見開かれている。

「君はこれが好きなんだ。いやがるふりなんかするんじゃない」耳もとで、うめくようにヨークが言う。

「大きらい……」あえぎながら言い返す。「あなたのことも」

「無関心でいられるよりはましだな。だが君はいつだって僕に無関心だったことはないんだ。僕を避けたくて、そのふりをしていただけさ」

ヨークの唇は、オータムの頬の上を滑り、しばらく唇の上でためらってから、ゆっくりと下りてきた。オータムはまるで貂《てん》に見入られた無力なうさぎだった。体がかちかちになり、息も絶え絶えで、すすり泣きに似た音がもれるだけだ。

「君は僕をほしがってる」唇を重ねたまま、ヨークが繰り返す。

「違うわ！」叫ぼうとした声は、ヨークの唇にのまれてしまう。彼の体の重みが増してくる。胸が早鐘のように打ち、理性は次第にかき消されていく。

ヨークは顔を上げ、問いかけるような、奇妙な表情を浮かべてオータムを見つめた。指が、傷ついたオータムの唇をそっとなぞる。

「けがをさせたかい？　ごめん。もっとうまくキスしてあげようか？」

ヨークはわたしの気持をもてあそびながらわたしを苦しめて、一方で保護者のような顔をしてるのだ。目的を果たすまで、この人はわたしを放してはくれないだろう。かつては、もう一度ヨークとベッドを共にして確かめない限り、彼との過去を捨てきれないだろうと思っていた。でもこうなった今、それは間違っていたことがわかった。そして、自分が決してヨークに無関心ではいられないことも……。ヨークは余裕たっぷりにオータムの唇に軽いキスを繰り返し、肌をそっとなでる。もうこれ以上彼に抵抗出来ない……。オータムはとうとうあきらめてしまった。

そう思ったとたん、オータムは心が裂かれるような痛みを覚えた。体の中で何かがはじけ飛ぶ。と同時にヨークはオータムの肌に唇を押しつけたまま、何かをつぶやいた。それがきっかけになった。悲しげに目を見開いたまま、オータムはぜんまいじかけの人形のように機械的なしぐさで、ヨークの頭を腕に抱いた。助けを請うようにヨークを見つめるオータムの表情が、苦しそうにゆがむ。

再びヨークの唇が重ねられたとき、オータムの感覚に火がついた。喉の奥で低くうめくと、オータムはヨークの背に爪を立てる。ヨークのキスはいっそう激しさを増した。ヨークはオータムを抱き上げ、ベッドの上に横たえた。ヨークの体も、小さく震えている。無言のまま、また重ねられる唇。二人の心臓が、どきどきと打った。

ヨークはわけのわからない小さなつぶやきをもらしながら、キスを繰り返す。オータムもまた、ヨークの肌に唇を押し当てていた。

塩からいものが唇に流れこんできて、オータムは初めて自分が泣いているのに気づいた。涙は止めようとしても止まらない。オータムは無言のまま、涙を流し続けた。

「とうとう氷が溶けたね」勝ち誇ったつぶやきだった。「いったい君は自分で自分をどうするつもりだったんだ？」

　追いつめられた動物と同じに、オータムは絶望にかられて逃げ道を探していた。けれどもヨークは勝利を心ゆくまで味わうつもりらしい。動揺してあえぎ、身を震わせているオータムを腕に抱いたまま、じっと見下ろしている。

　オータムは静かにヨークに寄り添った。もう一度ヨークの手が体に触れたけれど、ぐったりして動く気力もない。

「さ、もういいだろう。これから僕がどうするか、わかるかい？」低い、男らしい声だった。オータムの体の奥が、ぞくりとうずく。「君が降参するまでいじめたい。どうなるかな？」

　愛情が伴わなければ、そんなこと無意味だわ。そう言いたかったけれど、なぜか力が抜けてしまって、声が出ない。

　オータムはヨークにというより、自分自身の感情に、すっかりもみくちゃにされていた――何ひとつ変わってはいないわ。昔とは違うなんて思ったわたしが甘かったんだわ――オータムは激しい自己嫌悪にかられていた。ヨーク、あなたは本当に誰かを愛して、その人を独占したいと思ったことがあって？　ヨークが動くのが、彼の胸に当てた手で感じ取れた。その感触が、とうとう理性をかき消してしまう。オータムは目を閉じて、そっとヨークに触れている手を動かしていった。ヨークはそれにこたえてうめき声をあげ、オータムの顔を両手にはさんでゆっくりと口づけをした。

長いキスだった。お互いに求め合う思い以外のすべてを消し去ってしまうような……。なつかしいヨークの引き締まった体。彼の体臭。何もかも忘れて、オータムはただただヨークの愛撫《あいぶ》にこたえていた。

「言ってごらん」ヨークの息がオータムの唇に吹きこまれる。「僕が必要だって……」

はっとして、オータムは抵抗するようにうめく。だがヨークはオータムの顔をはさみこんだまま、キスをやめようとはしない。

「言うんだ、言わないか」荒々しく、ヨークは言う。手が、オータムの頬を締めつける。

「口では言わなくたって、言ってるのも同じなんだ。ほら」

オータムの瞳は、悔しさのあまり涙で曇っている。大きらいよ、と叫びたいのに、唇からはまったく違う言葉が飛び出てくる。弱々しいつぶやきに似た言葉。それを聞いて、ヨークの瞳に残忍な喜びの色が浮かんだ。

「それでいい。もう一度言ってごらん。もっと大きな声で。君にも僕にも聞こえるように」

「あなたが……あなたが……ほしい……」オータムは苦痛と苦悩に、ぶるぶると震えながら、振りしぼるような言葉を吐く。だがヨークはそれでもまだ満足しようとはしない。

「僕に頼むんだ……愛してくださいって……」オータムはヨークの腕の中で体を弓なりに

そらしたけれど、それが見せかけだけの抵抗であることを、オータムの体は無言のうちに語っていた。

いや！　頭の中で叫ぶ声がする。だがオータムはもうすっかり自制心を失っていた。いけない、と思いながらも、オータムはとうとうヨークに降服した。屈辱にうめき声をあげるオータムの唇を、ヨークの唇がふさぐ。

いったんせきが切れると二人の情熱の炎は一気にひとつになって燃え上がった。愛を確かめ合うというよりも、むしろせめぎ合うといったほうが当たっていたかもしれない。互いに相手を地獄へ引きずりこもうとでもするような、凄惨《せいさん》な愛の行為……。

過去も現在も未来も、すべてが一点に凝縮したときがすぎた。入れ替わるように、現実が戻ってくる。嘆かわしい、見下げ果てた降服をしたのだという思いが、オータムを襲う。オータムはゆっくりとヨークを見やった。力を使い果たしたような、うつろな表情のヨークを見た瞬間、ああ、わたしはやっぱりこのひとを愛しているのだ、とオータムは悟った。その熱い思いで、胸がいっぱいになる。片思いに胸をこがす人が経験するあの苦々しい思いを、オータムもまた味わっていたのだ。

ヨークが焦点の定まらない瞳をオータムに向ける。

「言ったとおりだろ？　君は僕がほしかったんだ」ヨークの言葉は、オータムの心に響いた——否定しようのない事実として。

「ええ……」苦しかった。唇から小さなため息がもれる。体はけだるいけれど、頭は妙にさえている。「これであなたの望みどおりになったわね。気がすんだでしょ。でもこれだけは覚えておいて。わたし、自分で自分を憎んでるの。出来ることならわたしのいる地獄へ、あなたを一緒に引きずりこみたい。だって、わたしをこんなにしてしまったのはあなたなんですもの！」オータムは体を震わせて、ヒステリックな声にならない笑い声を立てる。「わたしを征服したかったのでしょうけど、あなたはそれ以上のことをしたわ。わたしという人間を破滅させたのよ。体だけじゃなく心までも……」

ヨークの顔から見る見る血の気が引いた。「離婚すれば自由が手に入るんだ」

オータムは声をあげて笑った。その笑い声が、しんとした部屋に響く。

「自由……なんのための自由？　再婚するため？　こんなわたしを、ほかの男に差し出すの？　そんなことが出来ると思って？」

表情をこわばらせたまま、ヨークは乱暴に身を起こして服を拾い上げた。

「僕らは契約を結んだはずだ……」

先を続けようとするヨークを、オータムがさえぎった。「わたしは契約の条件を守ってるわ。でもあなたは守らなかった。わたしが自分から望まない限り、ベッドには入ってこないと言ったのに……」

無言のまま、ヨークは二つの部屋を結ぶドアから出ていった。ばたんというドアの音に、オータムは我に返って身震いした。

翌朝目をさますまで、オータムはネックレスをつけたままなのに気づかなかった。ベスとリチャードが今日何時ごろに来るのかしらと思いながら、カシミアのブルーのセーターと、くすんだ赤紫色のツイードのスカートを着る。

食堂は空っぽだった。キッチンに入っていくと、ミセス・ジャコブが笑顔で迎えてくれた。

「レイン様に、お起こししないようにと言いつかってましたの。ゆうべのパーティはいかがでした？」

「楽しかったわ」ラブラドール犬が鼻づらをこすりつけてくる。「彼は出かけたの？」

「書斎ですわ。朝食はどうなさいますか？」

「フルーツジュースとコーヒーだけでいいわ。ベスとリチャードはお昼ごろ来るのかしら？」

「たいてい十一時ごろいらっしゃいますが」

ミセス・ジャコブにネックレスをはずしてもらってもよかったんだわ――書斎のドアを開けながら、オータムは思った。

「コーヒーならそこへ置いておいてくれ」ヨークは目を上げないまま、言った。

秋の日ざしの中で、ヨークはいつになくやつれて見える。彼がわたしを愛していてくれさえしたら——胸に熱いかたまりがこみ上げる。でも、ヨークはわたしを愛してなんかいない。

「わたしよ、ヨーク」心の中を押し隠し、わざと明るくオータムは言った。ゆうべのあのことで、ヨークを愛していたことに気づいたなどと、決して悟られてはならない。「ネックレスをはずしてほしいんですけど……」

「君以外の女が言うのだったら、誘いの言葉と受け取るけどね」ヨークは皮肉を言って立ち上がった。「なぜミセス・ジャコブに頼まない？」

「なぜあなたに頼まないんだろうって、思われたくないからよ」

「相変わらずだな。何が言いたいんだ？　僕に良心の呵責《かしゃく》でも感じさせたいのか？」

ヨークの指が首筋に触れる。オータムは身を固くして、息をつめた。ネックレスがはずされる。

オータムは後ろを振り向くと、きっとしてヨークを見た。「不可能なことをしようとは思わないわ。あなたがそんなものを持ち合わせてる人じゃないことは、お互いにわかってるはずよ。復讐《ふくしゅう》の味を、さぞたっぷり味わったのでしょうけれど、もっとじわじわとわたしを苦しめてからにすればよかったわね。まだ三カ月も一緒に暮らすのよ。あなたがこんなにせっかちに事を急がなければ、勝利の美酒がもっとおいしくなったでしょうに」ヨークの顔が次第に紅潮していくのを無表情に見やって、オータムは穏やかに、冷ややかに言う。「お芝居はまだ続くのだったわね。ベスとリチャードにも、わたしたちがめでたく仲直りをしたと思わせておきたいんでしょう?」

「出ていけ!」ヨークは机の方を向いてしまう。薄手のニットを通して、彼の背中の筋肉がくっきりと盛り上がっているのがわかった。言いようのない痛みがオータムの胸を刺す。走り寄ってヨークの背中に顔を押し当てたいという思いを、オータムは懸命に抑えた。

「ベスやリチャードに本当のことを言ったら、屈辱というものがどんなものか、思い知らせてやる」


ベスは二年前と少しも変わっていなかった。愛情をこめて、オータムを抱き締める。

「帰ってきてくれてうれしいわ」オータムにだけ聞こえるように、ベスはささやいた。

次にオータムはリチャードに右手を差し出したけれど、彼はその手を取る代わりにオータムを抱き寄せて頰にキスをした。

「僕の奥さんだってことを忘れるなよ」不機嫌な声でヨークが言うと、リチャードはにやりとした。

「すみません、ボス。あんまりボスにひとり占めをさせないでくださいよ」後の言葉はオータムに向けてだった。四人は笑い声を立てたけれど、オータムはヨークがまだ怒っているのを、敏感に感じ取った。

午前中の仕事をすました三人は、オータムを交えて昼食のテーブルに着いだ。ヨークの会話が昔とは違って、仕事の話一辺倒でないことにオータムは驚いた。けれど、オータム自身も航空産業の話が出たときには、昔のようにびくびくせずに話に加わることが出来た。二年前のオータムには考えられないことだった。

「おいしかったわ」食事を終えたベスが、満足の声をあげた。「こんなに満腹じゃ、とってもすぐには仕事に取りかかれないわね」

「じゃ、庭でも歩いてきたらどうだい？　リチャードと少し打ち合わせたいことがあるから、その間は君にいてもらわなくてもいいんだ」

「わたしがおつき合いするわ。クリスマスのパーティに誰を呼ぶか、相談したいの」とオータムが声をかけた。

しばらく無言で庭を歩いてから、二人は日だまりのベンチに腰を下ろした。

「ヨークとのこと、わたし本当に喜んでるのよ」ベスが改めて口を開いた。「実を言うと、お二人が結婚したときには、年も違いすぎるし、ヨークはあんなに忙しい人だから、心配していたの。あなたが家を出たときには、正直言ってやっぱり、と思って……。でも、ヨークはその後、気の毒なほどしょげてしまってねえ。この二年間はヨークにはさぞつらい時期だったと思うわ」

長いことヨークの下で働いてるベスでさえ、彼にはだまされてるんだわ、とオータムは思った。叙勲の話が出たときから、ヨークはわたしを家に連れ戻す計画を立てて、その下準備をしていたのだ。新しく妻をもらうより、家出した妻を連れ戻すほうが簡単ですもの。それに目的さえ果たしたら、さっさと独身に戻れるし……。オータムはベスの話を聞きながら、考えた。でも、どうやってわたしを捜し出したのかしら？　家を出て以来、レインという名は使っていないのに。

ところが、ベスがその答えを出してくれた。

「探偵に調査を命じられたときには、どうなってるのか心配しましたわ。でも、あなたを連れ戻したくてそうなさってるのがわかって……」

それは負け犬になるのがいやだったからだわ。ベスまでに、ヨークが本当にわたしのことを愛していると思いこませるなんて……。

「あなたは変わられたわ」急にベスが話を変えた。「ずっと大人になられた……」

「年を取りましたもの。それに、いろいろつらい目にもあって、少しは人生を知ったし。そうそう、この間ジュリアに会ったわ。彼女は変わらないわね」

「これからは、ジュリアみたいな女性たちにもしっかり対抗なさることですよ。ジュリアはあなたがヨークと結婚した当初から、やきもちをやいて大変でしたわ」

「知ってるわ。でも皮肉ね。わたしたち、ジュリアのせいで結婚するはめになったようなものですもの。ヨークはゴシップになるよりは、ましだと思ってわたしと結婚したのよ。あら、そんなにびっくりした顔しないで、ベス」オータムはやさしく言った。「あなただって、多少はわかっていたでしょう？　ヨークが突然わたしのような若くて、何も知らない娘と結婚したとき……」

「わたしにわかったのは、初めにヨークシャーから戻られたとき、ヨークがすっかり変わってしまわれたことですわ……」

それから二人の話題はパーティのことに移った。

「出張サービスを頼む前に、いちおうミセス・ジャコブにきいてみるわ。大事なここのコックさんのご機嫌を損ねたら大変ですもの」

ほんとに、オータムは変わったわ――オータムがそこまで気がまわるようになったことに、ベスは内心舌を巻いた。もしかしたらわたしたちはみんな、この人を本当には知らなかったのかもしれない。昔は恥ずかしがってばかりいたし、自信がなかったから、どうしようもなく子供に見えたのだろう。実際はそういう人じゃなかったのかもしれない。

二人が戻ったとき、リチャードとヨークは客間で話しこんでいた。

「飲み物でもどうだい？」ヨークがすすめる。

リチャードが、じっとオータムを見つめている。オータムはなぞめいた微笑を浮かべて見せた。

「わたしの頭に、つのでもはえてるかしら？」怒られたかと思って、あわてて謝るリチャードを、オータムは笑った。

それがきっかけになって二人はカリブ海の島々について話を始めた。

「貧困はあそこじゃ当たり前になっているけれど、わたしたちの力ではどうにもならないことが多すぎるわ」

「僕はよっぽど魅力がないのかな。こんなにすてきなご婦人と話をしてるのに、お堅い話しかしてもらえないんだから。それより庭を散歩でもしませんか」冗談半分の口調でリチャードが言う。そんな二人をヨークが冷たい目で見ていることには気づかなかった。そろそろ帰る時間だとベスに言われて、オータムはびっくりした。

「君はそういう女だったのか」リチャードたちが帰ってしまうと、ヨークは突然オータムの肩を痛いほどつかんで、荒々しく言った。「この男なら安全だと目をつけた奴には、色目を使って火遊びを楽しむのか。そんなことは恥ずかしくないというのか？」

思いもかけない言いがかりに、オータムは息をのんだ。「だって、わたしたち、ただ話をしていただけよ。それだけじゃない、ヨーク」

「そうかな？　行って鏡で自分の顔を見てこい。話していただけで、そんなに上気した顔になると思うのか。僕の鼻先でほかの男を誘惑するなんて。そんなことで、僕らがよりを戻したことを他人に信じこませられると思ってるのか？」

のパーティで「もう限界だわ！」オータムは怒りで頬を紅潮させた。「それじゃ、ゆうべのパーティでのアネットとのことはどうなの？」

「アネットのこと？　きのうも言ったはずだ！」肩をつかんだ手が急にゆるみ、ヨークは大またでオータムの横をすり抜けると、ドアを閉める音も荒々しく、書斎に引きこもってしまった。

オータムは大きなため息をついた。ヨークのほうは怒りのあまりオータムの体に手をかけたのだろうけれど、それでもオータムはぞくりとするものを覚えていた。これから三カ月も、こんな思いをしなければいけないのだろうか？

ミセス・ジャコブは、パーティのお料理は自分に任せてくれと言い張った。「久しぶりにやりがいがありますわ。楽しみにしています」

パーティはクリスマス前の土曜に開かれることになった。

その夜、ヨークは夕食の席に顔を出さなかった。オータムはひとりで食事をすませると、コーヒーと本を持って客間にこもった。けれども、気が立っていて、とても活字など読める状態ではない。

九時半ごろ、書斎のドアが開く音がした。オータムははっとして身構えた。空耳だったのかしら、と思ったとき、車が出ていく音がした。こんな時間にどこへ？　アネットに会いに？　嫉妬《しっと》に胸をこがす。

ベッドに入ったものの、少しも眠れなかった。やがてヨークの戻った気配がした。時計を見ると、二時半をまわっていた。隣の部屋で音がする。シャワーの音。そして静けさが戻った。ヨークが今日は部屋に来ないという確信が、オータムにはあった。ゆうべで復讐を果たしたのだから、なぜ来る必要があるだろう。

それからは単調な日々がすぎていった。毎日無言のままの朝食を終えると、ヨークは書斎に引きこもり、オータムはパーティのプランを練ったり、犬を散歩させたりして、時間をつぶす。

電話がかかって初めて、オータムはレディ・モーレーに招待されていたことを思い出した。

ちょうどヨークは留守だったけれど、運転手のベンが送ってくれるというので、オータムはモーレー邸に出かけていった。

優美なその館《やかた》は、コッツウォルズの村を背にする形で、ひっそりと建っていた。二匹の犬を従えたレディ・モーレーが、自ら出迎えてくれる。

「さ、図書室のほうへいらして。ホールは寒くて。こういう大きな古い家は、寒くていけないわ。ここが夫のお気に入りの部屋だったの」言いながら、オータムを招き入れる。

床から天井まで、マホガニーの本棚がびっしりと壁を埋めつくし、暖炉には赤々と火が燃えている。ソファに張った革の香りとたばこのにおいが、部屋にしみついている。

「居間は庭に向いているのだけれど、どうしてもこの部屋を使うことが多くなるの。結婚したとき夫は三十歳で、わたくしは十七歳。夫に夢中だったわ。第二次大戦が終わったばかりで、楽しいことばかりじゃありませんでしたよ。夫は女になんかいろいろ話してもわかるものか、と思ってるタイプの人だった。あれは、いつも弱みを見せないようにと息子を教育した、親の責任ね。だけどわたくし、一番大切なのは夫婦がお互いの気持を素直に出すことだと思うの……心を打ち明け合うと言うのかしら……。あらあら、すっかりこんなお話になってしまってごめんなさい」夫人はほほえんだ。「さ、おかけなさい。今お茶を運ばせますから」

お客が自分だけなのに、オータムはちょっとびっくりした。

その心の内を見透かしたのだろう。夫人が言った。「たくさん人が集まるのは、きらいなのよ。サー・ガイルズのご招待を受けたのは、あなたに会いたかったからよ。あら、好奇心からだけではなくて」オータムの表情に気づいて、夫人は笑い声を立てた。「言ったでしょ？　わたくし、あなたのご主人が気に入ってるの。彼を愛してらっしゃるのね？」

まっすぐに目を見つめられては嘘《うそ》はつけなかった。オータムはうなずく。

「あなたにお会いするまで、ヨークはお金目当ての、玉の輿《こし》を望んでいる女に引っかかったのだと思ってたのよ」

「彼がそんな女に引っかかりますか？」その言い方にレディ・モーレーはオータムをじっ

と見つめた。

「あの人は頭は確かにいいけれど、気持の上では、またひどい目にあうんじゃないかとおびえきっている子供も同然なのよ。あなたにもそれはわかっているでしょ？　彼が子供のころのつらい体験を乗り越えられるなんて、正直言って考えられませんでしたよ。愛のない結婚をしてしまうのじゃないかと思っていました。お子さんはまだ？」

オータムは返事につまってしまった。

「お尋ねするべきじゃないのはよくわかってるの。でもわたくし、ジョージとの間に子供が出来なかったのを今でも悔やんでるものだから。愛する人の子供を産むほどすばらしいことはないと思うのよ」

夫人に正直に告白されて、オータムは急に、ヨークの子供をみごもって、その子が体内で育つのを感じたい、という思いにかられた。二人の愛の証《あかし》が日一日と自分の中で育っていくのを、感じ取ってみたい……。

「子供のころのヨークはどんなでしたの？」

夫人はびっくりしたように目を見張る。「彼に聞いていないのね？　六つのときにヨークのご両親が離婚したのは知っているでしょ？」

オータムは知らなかった。いたいけな子供が、安全だと思っていたまわりの世界が崩壊するのを体験したら、どんな気がするだろう。

「今のように離婚が多い時代じゃなかったし、ヨークのお父さんは妻を捨てて、仕事のパートナーだった人の娘と暮らし始めたのね。仕方のなかったことなのでしょうけど、お母さんのエレンはそうなる前からずいぶんとやきもちをやいていたようね。お父さんがほかの女性を見たというだけで大騒ぎしたものよ。同じ村で夫がよその女と暮らし始めたとき、みんなエレンが村を出ていくものと思ったわ。でもエレンはそうしなかった。それがもとの夫への復讐だったのね。そうして、いつだって彼のことを悪く言ってたわ。でもそれがヨークにどんな影響を与えたか。それに父親の面影を息子に重ねたのでしょうね。ヨークを憎んでいるようだったわ。ヨークがころんで、泣きたいのをやっとこらえてエレンに走り寄ったとき、エレンが彼を邪険に押しやるのを見たことがあるの。あのときのヨークの顔は一生忘れないわ。別れたお父さんにそういう話をして忠告した人もいたけれど、彼もエレンと同じで、ヨークのことを気にも留めなかった。結局ヨークはずいぶんとつらい思いをして家出までしてそれでわたくしの夫のところに来たの。父親に会いに行くつもりだったって、言ったそうよ。かわいそうに。父親が自分をきらっているのは百も承知していたはずなのに。エレンは結局、彼が十五の年に亡くなったわ……」

「お父様は？」

「その二年ほど前に、心臓発作で。エレンにも、ヨークにもお金は一銭も残してはいなかったようなの。あんなに愛情に恵まれずに育った子供を、わたくし、ほかに知らないわ。

だからいつだって気持を外に出さない人間になってしまったのよ。今の彼だって、頭と体はりっぱな大人でも、気持の上ではいじけた子供そのままなのよ」

オータムの瞳には涙が浮かんでいた。やっと彼がなぜあんなにまでして、わたしを征服したがったかわかった。なぜわたしにあんなにまで、愛してほしいと言わせようとしたか。ヨークは自分の両親に求めて出来なかったことを、わたしにさせようとしたのだ。

人は傷つくと、とんでもないことも平気ですることがあるものだ。ヨークの母にとって彼は、消えてしまった愛を思い出させる、耐え難い存在だったに違いない。

「ちっとも知りませんでしたわ」オータムは静かに言った。「聞かせてくださってありがとうございます」

「何かの助けになるかと思ってね。わたくしの目は節穴じゃありませんよ。あなたたち二人の間には、目に見えない垣根があるわ。あなたが心からヨークを愛していると思ったから、こんな話をする気になったのよ。ヨークを愛して、わかってあげてほしいの。隔たりを取り除くには勇気がいるわ。さ、もうお帰りなさい。早くあなたたちの赤ちゃんの洗礼式に招待してくださいね。心の垣根が除かれた証拠を、わたしに見せてちょうだい」

# 8

レディ・モーレーの家から帰って以来、オータムはヨークを違った目で見るようになった。そういえばふとした拍子に、両親の愛を拒まれた子供の表情が、ヨークの顔に浮かぶことがある。

十一月がすぎ、十二月になった。日がたつにつれ二人の心は離れていくように思えた。ヨークはあれ以来一度もオータムに手を出さない。このごろはオータムも、彼が部屋に入ってくるのではないかと心配するのを忘れている。それにヨークの冷たい態度は、オータムが彼の部屋に行くことをも拒んでいた。

ヨークは人を愛せないのかもしれない。子供時代に受けた心の傷が、ヨークから愛という感情を奪い取ってしまったのではないかしら――オータムはときどきそう考えた。

パーティの週が近づいた。オータムはミセス・ジャコブと一緒に、食器を選んだり、料理の下準備をするのに忙しかった。

招待したのはヨークの仕事の仲間たちに、サー・ガイルズを含む村の住人たちだった。

ベスは最近ではすっかりオータムを信頼して、パーティの成功を信じて疑わず、何もかもをオータムに任せていた。

　前日の金曜日、オータムはミセス・ジャコブや運転手のベンにプレゼントを買いがてら、ロンドンのエリザベス・アーデンのサロンに出かけることにした。

　そうなると丸一日かかるだろう。木曜の夜、オータムはおそるおそるヨークに、もしロンドンに出るついでがあったら車に乗せていってほしいと切り出した。

「わざわざロンドンの美容室へ行くのかい？」

　ヨークは何杯目かのウイスキーを手にしている。最近の飲みっぷりが、オータムには気になっていた――素面《しらふ》ではいられないほど、わたしのことが耐えられないのかしら？　あの夜以来、ヨークはオータムに指一本触れない。朝食の席でオータムの手からトーストを受け取ることさえしないのだ。わたしを屈服させることだけが目的だったから、それを果たしてしまったら、もう二度と手を出す気にはなれないんだわ。そういえばヨークのよそよそしさは、尋常ではない。まるですべての女性を愛せない人のような――母親のむごい仕打ちがヨークの心に、女性への憎しみを植えつけてしまったのかしら？　屈辱を与えることでしか、女性に対する思いを表現出来ない人間にしてしまったのかしら？

「一緒に来るつもりなら、朝八時に出る」ウイスキーを一気にあおると、ヨークは唐突に言った。「僕は今から出かけてくる」

近ごろは毎晩だった。どこへ行くのかはわからないけれど、ヨークは夜中まで戻らない。オータムはヨークが戻るまでまんじりともしないで、ベッドに横たわっているのだった。

翌朝オータムは、店から店へ歩きまわることを考えてヒールの低い靴をはき、ピンクとラベンダー色の混じったツイードのスーツにシルクのブラウスを着た。ヨークはそんなオータムをちらりと見ただけで、腕時計に目をやると、「後十分ある」とだけ言った。

コーヒーを飲み、トーストをかじりながらヨークを盗み見たオータムは、彼がすっかりやせているのに気がついた。心なしか、瞳が暗いようにも思える。と、ヨークは急に席を立って、ジャケットをはおった。その姿に、オータムはまた、胸を痛めた。彼を愛している……。オータムは乾いた唇をそっと舌先でぬぐった。

ロンドンに着くと、ヨークは助手席のオータムの方を初めて見て、「五時には僕も終わる。いいかな?」とだけ言った。

オータムの体越しにヨークは手を伸ばし、助手席のドアを開けてくれる。ヨークのがっしりした腕のぬくもりが久しぶりにオータムの体に伝わった。オータムはあわてて逃げるように車を降りた。

町はクリスマスの飾りつけでにぎやかだった。

買い物をすませるともう昼近かった。買った物の重みで、腕が抜けそうだ。オータムは、ベスのところに寄ってお昼を一緒に食べようと思いついた。ついでに荷物を預かってもらおう。ヨークへのプレゼントは買っていなかった。その理由は自分でもわかっている。オータムの心の中では二つの、まったく相反する気持が戦っていた。プレゼントを贈ることで、ヨークを愛する気持を悟られたらどうしようと思う一方、いっそわかってもらえたら、という気持もある。でも、愛しています、という思いを伝えるプレゼントって、どんなものかがわからない。どんなに高いものをあげても、ヨークの乾ききった過去が今さらあがなえるはずはなかった。それにヨークはわたしから何かもらいたいなんて思ってはいないだろう。彼は一番ほしかったものを、もうわたしから奪い取ったのだから。

にもかかわらず、オータムはふと目についた宝石店に入ってしまった。そして乏しい自分の貯金の範囲で買えるもの、と思いながら、カフスを選んでいた。

ヨークのオフィスの前でタクシーを降りたとたん、後ろから誰かにぽんと肩を叩《たた》かれた。

「アラン！　イギリスにいるなんて知らなかったわ……。サリーも一緒に？」

「いや、彼女はフィアンセとクリスマスをすごしているよ。元気かい？」

アランは一歩下がってじっとオータムを見た。

「いったいどうしてここにいらっしゃるの？」

「ヨークに呼ばれたんだ。知らなかったのかい？」

わたしには何も話してくれないのよ、と答える代わりに、オータムはほほえんで首を振った。

「僕のことなんか話題にものぼらないって言いたそうだね」その言い方に、オータムはかちんときた。

「アラン！　ヨークとわたしの間がどんなものか、よくご存じのはずよ！」

「ここで君に会う前まではそう思っていたさ。だがね、夫に関心がなかったら、わざわざ仕事中に訪ねてきたりするかい？」

「ヨークに会いに来たんじゃないわ。ただこの荷物を預けに来ただけよ」

アランはからかうような表情を浮かべた。「なら、僕と昼めしをつき合ってくれないかな」

とっさに、オータムはうなずいていた。二人はオフィスのそばの、小さなレストランに入った。

炭焼き肉とベークドポテトを食べながら、オータムはアランの語るセント・ジョンズ島の話に耳を傾けた。

「ヨークが宣伝費を使ってくれたんで、客がどっと来てくれてね。いやあ、彼は事業にかけちゃたいした腕を持ってるよ。彼と組んで本当によかった」

「それはよかったわ」そっけなくオータムは言う。「とにかく誰かが喜んでくれれば、そのかいがあったというわけね」

アランははっとしたように顔を赤らめた。

「君には悪かったと思ってるよ。だが結局は何もかもめでたしめでたしじゃないか」わからないというようにアランを見たオータムに、彼は口ごもりながら続ける。「君がまだ彼と暮らしてるってことは、そのう……」

「勝手な推測はしないでください」急に食欲がなくなる。そのときだった。目を上げたオータムは、いくつか先のテーブルに、ヨークが座っていることに気づいた。きれいな女性と一緒だった。オータムの胸を嫉妬《しっと》のやいばが切りさいた。ヨークはその女性から目を離さないで話している。オータムにも気づいていない様子だった。ヨークはまだロンドンに住まいを持ってるのかしら？　急に毎日ロンドンに出勤し始めたのは、あの女性が出来たからかしら？

「オータム、どうかした？」

「え、いいえ」

「ね、今夜どこかに出かけないか？　昔みたいに。ディナー・ショーはどう……？」

「悪いけど、午後は美容室に行くし、明日は家でパーティがあるの」

オータムはちらっとヨークに視線を投げた。彼は連れの女性のたばこに火をつけている。親しげなその様子に、オータムはかっとなった。

「いいじゃないか。家まで送るよ。真夜中になる前に帰してあげるから、ね、シンデレラ姫」

衝動的に、オータムはオーケーの返事をしていた。ヨークの計画したこの茶番劇をぶち壊したら、どんなにせいせいするだろう。サーの称号なんて、もらえなくなればいいのよ！

「まず僕のフラットに寄ってほしいんだ。それから出発しよう」

二人は席を立った。「君の荷物は預かっておいてあげるよ。ね、どんなショーがいいかな？」

「あなたにお任せするわ」

どうでもいいわ、というのが本音だった。オータムはヨークの座っているテーブルの横を通りすぎた。ヨークは気づく様子もない。アランも、オータムの荷物を運ぶのに気を取られてヨークのいることに気づかなかった。

数時間後、オータムは美容室から、重い心を引きずって出てきた。髪をセットし、美顔術をして、お化粧をしてもらっても、心がのびやかになったどころか、気が滅入るばかりだった。

冬の日は落ちるのが早い。あたりはもう薄暗くて、街灯やネオンがまぶしかった。行きかう人波にもまれながら、オータムはアランとの約束を後悔していた。タクシーを拾い、ヨークのオフィスの住所を告げて、表で待っていてくれるように頼む。受付の女性に、メッセージを残してくるつもりだった。

ヨークがかんかんに怒るのは目に見えている。それともかえって喜ぶかもしれない――妻が別行動を取るとなれば、あのブルネットの美人とすごす時間がそれだけ長く取れるのだから。

アランのフラットはチェルシーの高級住宅街にあった。かつて何度か訪れたことのある部屋のドアをノックする。アランはシャワーを浴びたばかりの濡《ぬ》れた髪で現れた。

「化粧を直したければどうぞ。バスルームを使っていいよ」

オータムは新しく買ったドレスに着替えることにした。体にぴったりしたベルベットのドレスを着て出てきたオータムを見て、アランはぴゅっと口笛を鳴らした。大げさな身ぶりでオータムに腕をまわしながら、アランはこめかみに軽くキスをした。

「それはなしにしましょ。結婚しているのを忘れないで」

「忘れてないさ」アランが不服そうに言う。「ヨークは運のいい男だ。さ、早くめしを食いに行こう。いつまでもここにいると君を食べてしまいそうになるよ」

その夜のアランは機嫌がよく、なかなか好ましいエスコートぶりだった。仕事がうまくいっているんだわ――だがオータムのほうは、ヨークのことが気になって、少しも心がはずまない。

アランが選んだミュージカルを見ていても、ストーリーが少しも頭に入らない。オータムの頭はヨークのことでいっぱいだった。ヨークはわたしのメッセージを受け取ったかしら？　まだロンドンにいるかしら――あの美人と一緒に？

外に出たとき、オータムの頭はずきずきしていた。すっかり寒くなっている。アランが車のドアを開けるのを待っている間、オータムは身を震わせた。

「楽しめた？」

アランをがっかりさせたくないので、オータムは機械的にうなずいて見せた。

「僕のところで一杯やっていかないか？」

こうなることを予想しておくべきだった……。さっき、ヨークとの仲がうまくいってないなんて言ったのがいけなかったんだわ。アランにそれを誘いの言葉と取られても仕方がなかった。しかも、食事やショーの誘いにまで応じてしまったのだから……。

「いいえ、悪いけど……。楽しかったわ。でもこのまま家へ帰りたいの。あなただって、ヨークとの仕事の上での関係にひびを入れたくないでしょう？」さりげない言い方の裏にある意味が、アランにもわかったらしい。オータムは内心ほっとした。頭痛がますますひどくなる――緊張と心配のせいでそうなったのが、オータムにはよくわかっていた。

家に帰り着いたのはかなり遅かった。窓にはあかりひとつともっていない。

「いい家だね。楽しかったよ」アランは軽くキスをすると、後ろの座席に置いた包みに手を伸ばした。「ひとりでドライブして帰るのは気が重いな。一緒に戻る気はないだろうね？」オータムの答えはもうわかっていると言いたげな苦笑を浮かべ、それでもなおアランは言う。「君をヨークの手から奪うのは、仕事の上で自滅するのと同じだとわかっている。だが、それでもいいから君をさらっていきたい気になるよ」

「思うだけ？　いくじなしね」わざとオータムは話を茶化して、アランと別れた。

ホールはまっ暗だった。手さぐりでスイッチを捜す拍子に荷物が落ちて、大きな音を立てた。あわてて拾い上げようとしたとき、ぱっとあたりが明るくなった。階段の上に、シルクのガウンを身にまとっただけのヨークが立っていた。

「いったい今まで何をしていたんだ！」

居丈高に見下ろされて、オータムは恐怖に身をすくませる。ヨークは一歩一歩オータムに近づいてきた。荷物をその場に落として逃げ出したくなる。が、そんな気持を必死に押し殺して、オータムは気を奮い立たせるようにあごを上げた。

「何をしてたんだときいてるんだ」

猟師が獲物を追いつめるときと同じだった。近づかれるたびにじわじわと恐怖が増してくる。足は根がはえたように床に釘《くぎ》づけになっていた。

やがて手に持った買い物袋をひとつひとつ床に落としながら、オータムはじりじりと後ろに下がっていった。とうとう背中が壁に押しつけられる。ヨークは階段を下りきって、近づいた。そしてそんなオータムをとりこにする形で、壁に両腕をついた。

「答えるんだ。それとも言わせてやろうか？」押し殺したぞっとするような口調だった。

「メッセージを見たでしょ」パニックに襲われながらも、オータムはやっとの思いで言い返す。

「アランと出かけるってか？　どこへだ？　奴の家にのこのこ出かけたんじゃないのか？」

なぜわかったのだろう？「そこで待ち合わせただけよ」言ってしまってから、認めなければよかった、と思ったけれど遅かった。ヨークの瞳がじっとオータムの体に注がれる。

「けさと着ている服が違うじゃないか。君がストリップショーを演じている間、アランが紳士だったとは言わせないぞ」

気まずい、敵意に満ちた沈黙が流れた。ヨークを見つめるうちに、制し難い怒りがオータムの胸にこみ上げてきた。

「なんてこと言うの！　そんなことをわたしがすると思うの？　それにたとえしたとしても、あなたにとやかく言われる筋合いなんか……」

「ないと言うのか？　君は僕の妻だ。忘れてもらっちゃ困る」

「わたしが忘れる？」オータムの瞳がきらきらと光る。「じゃ、お昼を一緒に食べてた人は誰なの？　あなたこそ、午後は何をしていたのかしら？　愛してほしいって、彼女はあなたに頼んだ？」オータムはわざとやさしい声を出した。

ヨークの表情が変わるのを、オータムは冷たく見つめていた。恐怖より何より、ヨークをそれほど怒らせることが出来て、胸のつかえが下りた気分だった。

ヨークの瞳が黒みを帯びる。ヨークの手が動いた。怒りのキスを、屈辱のキスをまた唇に受けることを予測してオータムは目を閉じた。

だが、ヨークは乱暴にオータムをつきのけただけだった。目を開けたときには、ヨークの姿はなく、ベッドルームのドアが閉まる音だけが聞こえてきた。

ぎくしゃくした身のこなしで、オータムは荷物を拾い上げた。ヨークがこんなに怒るなんて、思ってもいなかった。しかもこんな形で、ヨークに拒否されるとは。オータムはカフスの入った宝石箱を取り出し、そっと指でなでた。繊細な造りのカフスを、壊してしまいたい衝動にかられる。ヨークがオータムを破壊したのと同じように。

パーティは盛会だった。新しいドレスを身につけたオータムは、みんなの注目の的になった。

「すごくセクシーだって、みんなにも言われるでしょう？　ヨークは群がる男を押しのけるのに大忙しだろうな」リチャードが言う。

「それが手なのよ。そうすれば、ヨークがほかの女の人に目を移す暇がないでしょう？」

リチャードはびっくりしたらしい。「心配なんですか？　彼はあなたに夢中なのに？」

「だったらほかの女性と食事をしたりするかしら？」言ってしまってからはっとしたが、

リチャードは興味津々でオータムを見つめていた。

「ロレーヌのことですか？　彼女は広告代理店の人だけど、もう結婚してますよ。それも今、あつあつでね。ヨークは浮気な人じゃない。そうして、彼の眼中にあるのはあなただけですよ」

ヨークの演技力もたいしたものだ、とオータムは思った。ヨークは今、オータムのウエストに手をまわして、客と話をしている。離れようとすると、ヨークの手に力がこもる。指が体に痛いほど食いこんだ。手を上着の下に入れているので、誰もそのことに気づく者はない。オータムは怒りに頬を染めて、ヨークをにらみつけた。

「楽しいパーティだ」とサー・ガイルズが言った。「チャールズもことのほかあなたが気に入ったようだよ、ヨーク」サーになれるのは間違いない、と言わんばかりの顔だった。そうすればわたしは自由になれる。だがそれは同時に別れでもあった。

「アネットは？」思いを振り払うように、オータムはサー・ガイルズに尋ねた。いやいや招待したアネットが、今夜は姿を見せていない。

「オーストリアにスキーに行っていましてね」

クリスマスに父親をひとり残して行ってしまうなんて……。

「じゃ、ご一緒にクリスマスをおすごしになりません？」思わず誘ったけれど、サー・ガイルズは苦笑いをしてヨークを見やり、首を振った。

「ご好意はうれしいが、ご主人があなたを独占したがっておられますよ。せっかくのクリスマスだ、二人で水入らずですごされるといい」

パーティが終わるころには、オータムはすっかり客たちに溶けこんでいた。クリスマス休暇の間に寄ってくださいという誘いもたくさん受けたけれど、もちろんオータムは行くつもりはなかった。どうせすぐに出ていくのに、なんになろう。ヨークは玄関で最後の客を見送っていた。オータムはキッチンに入っていくと、もう引き取るようにとミセス・ジャコブに声をかけた。

ミセス・ジャコブは、今夜からクリスマス休暇を取ることになっている。

喉が渇いていた。ミルクでも飲もうと温めているところに、ヨークが入ってきた。彼と二人きりでいると思うと、落ち着かなかった。

「あなたもいかが？」

意外なことに、ヨークはぶっきらぼうにうなずく。「飲めば眠れるかもしれないな。もらおうか」

オータムは思わずヨークの顔を見た。目のまわりや口もとに、疲労の色がにじんでいる。最近眠れないのかしら？　なぜ？　サーになれるかどうかが心配で？

「もう心配はないでしょう？　サーになれるのは決まったも同然みたいだし」

ミルクをマグに入れ、ヨークに手渡す。

「よかったら二階に持っていらして。わたしは……」

ヨークは叩きつけるようにマグをテーブルに置いた。ミルクが飛び散る。

「よしてくれ。同情なんか真っ平だ！」

オータムが何か言うより早く、ヨークは出ていってしまった。こぼれたミルクをふきながら、後を追ったものかどうか迷ったけれど、あの疲れた表情が気になって、オータムは怒られるのを承知で二階に上がっていった。

ヨークはまだ服を着たまま、窓辺に座っていた。シャツの衿もとがはだけている。彼は頭を両手でかかえこんでいた。指でかきむしったのだろうか。髪がくしゃくしゃに乱れていた。

はっとした表情でヨークは顔を上げた。焦点の定まらない、ぼんやりした瞳で、オータムがおずおずと差し出すマグを見つめる。ヨークは信じ難いというような表情でオータムを見たかと思うと、怒りに口もとをゆがめてマグを壁に叩きつけた。

二人は黙ったままじっと見つめ合っていた。とうとうヨークが口を開く。「さ、出ていってくれ。これ以上僕が何かやる前にね」妙に静かな口調だった。

# 9

クリスマス・イブは雪だった。鋼鉄色の空から、細かい小さな雪片が絶え間なく舞い下りてくる。オータムは客間の窓からじっと空をあおいでいた。ヨークはクリスマス・ツリーを買いに行っている。ツリーがほしいとオータムが言ったとき、彼は信じられないという顔で言ったものだ。「なんのために？　今さらこの墓場みたいな家に、家庭のぬくもりを持ちこもうというのか？　それに第一、飾りだってないぞ、うちには」

「あるわ。ロンドンに行ったときに買ったのよ」理由はなかったけれど、オータムはどうしてもクリスマス・ツリーがほしかった。

ヨークが戻ったとき、オータムはキッチンでミンス・パイを焼いていた。入ってきたヨークは、それを見て顔をしかめる。

「ひとついかが？」毒でも入っているのではないかと言わんばかりの手つきで、パイをつまみ上げるヨークを見るのはおかしかった。

「おいしい」驚いた口調でヨークが言うので、オータムはついに笑い出した。

「もみの木はあった?」

「ホールにあるよ」その言い方に、オータムはちょっと首をかしげた。行ってみて、わけがわかった。それは巨大なクリスマス・ツリーだったから、彼は思わせぶりな言い方をしたのだろう。でもごんなに大きくちゃ、飾りが足りないわ……。オータムは呆然《ぼうぜん》とその木を見上げた。

「飾りもそこにある」ヨークはもみの木の横の紙袋をあごで示した。「どこに立てるんだい?」

「客間によ。あすの朝、お食事が終わったらプレゼントを開けましょうよ」何も考えずに言ってしまってから、オータムはヨークの皮肉っぽい表情に気づいてはっとした。わたしはみんなにプレゼントを用意しているけれど、ヨークはわたしに何もくれるつもりなどないのかもしれない……。

「プレゼント? 誰からの?」ヨークはぶっきらぼうに言う。

オータムはヨークの目を見る勇気がなかった。

「サンタ・クロースからとでも言うつもりかい?」

その夜、ツリーを飾りながらオータムは、わたしたちにだってもっと違う、たとえばこうしている間に赤ちゃんが二階ですやすや眠っているような、クリスマスがすごせたかもしれないのに、と考えていた。そんな思いを振り払ってはしごから下りかけたとき、誰かが後ろからぎゅっと足首をつかんだ。ぎょっとして下を見ると、それはヨークだった。

「さ、どうするつもりだい？」ヨークは足首を持った手を少しずつ上にはわせてくる。

「やめて」低い声で頼んだけれど、ヨークはやめなかった。ヨークの瞳がじっとオータムに注がれている。

りーん――電話の音が沈黙を破った。ちょっと間を置いてから、ヨークは出ていった。遠ざかっていくヨークの後ろ姿を見るオータムの瞳は、涙でかすんでいた。

夕食のときにも、雪はまだ降っていた。ヨークはほとんど食事に手をつけなかった。

「どうしたの？　ミセス・ジャコブが作るのほどおいしくないでしょうけど」オータムがつっかかった。

「クリスマスなんかなければいいんだ」ヨークは怒ったように席を立っていってしまった。

彼はなぜあんなことを言うのかしら――お皿を洗いながら考えていたオータムは、もしかしたらヨークは子供のころに、楽しいクリスマスをすごしたことがないのかもしれないわ、と思い当たった。

オータムはその夜教会のミサに行くつもりにしていたけれど、ヨークを誘うつもりはなかった。雪はかなり積もっている。歩いていくので、暖かいスエードのコートとそろいのブーツを身につけた。雪の中を、寒気にさらされてミサに行くのは、身が引き締まる思いがして、なかなかいいものだった。

まだクリスマス・キャロルの響きを耳に残して教会を出たオータムは、ヨークと一緒でないのを残念に思った。

家は暗く、ひっそりとしていた。まっすぐに部屋に戻り、急いで服を脱ぐ。前の晩に包んでおいたみんなへのプレゼントを横目で見て、ベッドに入った。

ぐっすりと眠ってしまったらしい。オータムが目をさますと、家の中はいつにない静けさに包まれていた。あたりがずいぶん明るい。時計が九時をさしているのに気づいて、あわてて飛び起きた。

雪が厚く積もっている。空の青さまでがいつもよりも透明で、目にまぶしい。

セントラルヒーティングのせいで家の中はそう寒くはないのだけれど、オータムはまっ先に客間に行って暖炉のたき木に火をつけた。台所に行くと、ラブラドール犬が寝床から飛び出してきた。ヨークの姿は見えない。オータムはすぐにクリスマス・ディナーの下準備にかかった。

外に出してやった犬が帰ってこないので、オータムは気になって外に見に行ってみた。一面の銀世界に興奮してはねまわっている犬を見て、思わず笑い出してしまう。落ちていた棒切れを拾って投げてやると、犬は大喜びで拾ってきては、目を輝かして、もう一度、とせがむのだった。しばらくそうやって遊んでから家に入る。相変わらず静かだった――ヨークはいったいどうしたのかしら?

ある考えが突然オータムの脳裏にひらめいた——もしかしたら、クリスマスにわたしをひとりぼっちにしようと思って、わざと出かけたのかもしれない。ガレージに走っていって、重いドアを開けてみた。車はそこにあった。はあはあと息をついて、オータムはロールスロイスのボンネットにもたれかかる。安心したせいで、涙があふれ出る。やっぱりわたしはヨークを愛しているのだ。彼のいない生活なんて考えられない——初めて、オータムは素直に自分の心を見つめていた。どんなに冷たくされても、つらく当たられても、それでもヨークにいてほしい。ヨークなしでは生きていかれない……。

台所に戻ったオータムは、七面鳥をオーブンに入れた。まさかいつもは早起きのヨークが寝坊しているのじゃ……？　オータムは唇をぎゅっとかんで、コーヒーをわかし始めた。コーヒーが出来てもヨークが姿を見せなかったら、カップを持って二階に行ってみるつもりだった。オータムがアランと出かけて以来、ヨークは冷たいというより、いつ怒りが爆発するかわからない、いらいらした気分でいるようだった。わたしの顔を見るだけで腹が立つのだろう。でもそれももう少しのことだわ……。オータムの心にずきりと痛みが走った。オータムはパーコレーターのスイッチを入れると、それから犬にえさをやった。でも頭の中はうつろで、心が沈むばかりだった。

コーヒーの用意は出来たがヨークはまだ現れない。台所のドアを見つめるオータムに、僕も心配ですと言いたげに犬が鼻を鳴らした。

オータムはカフェ・オレを大きなモーニングカップに作り、二階に持ってあがって、ヨークの部屋のドアをノックしてみた。返事はない。ためらったけれど、思いきってドアを開けてみる。まだカーテンが閉まったままだった。オータムはカップをテーブルに置いて、ぱっとカーテンを引いた。朝の日ざしが差しこむ。ヨークはまだベッドの中だった。まっ赤な顔をして息遣いが荒い。ひと目で具合が悪いのだとわかった。そっと肩に触れてみたけれど、ヨークは固く目を閉ざしたままだった。肌は汗ばんでいて、唇はかさかさでひび割れている。

オータムはヨークの額に手を当ててみた――熱い！　脈も異常に速かった。教会からの帰り、誰かが村で流感がはやっていると言っていたのを、オータムは思い出した。しばらく横で様子を見ていたけれど、ヨークは意識がもうろうとしているようだった。ただの流感かしら？――オータムは電話に視線を走らせた。とにかく病院に電話をして、先生にきいてみよう。

「こんどの流感はたちが悪いんですよ」人のよさそうな医師の声が答える。「ドクター・メドゥズに往診させましょう。まあたいしてすることはないでしょうが、みてもらうほうが奥様もご安心でしょう」

奥様！　受話器を置いたオータムは、赤らんだヨークの顔を見つめた。伸びかけたひげが、頬に濃い影を作っている。こんなヨークを見るのは、結婚して以来初めてだった。いつも身だしなみのいい人なのに――オータムは思わず目をそらした。

ドクター・メドゥズは四十代後半の、やさしそうな人だった。ヨークを診察すると、かがみこんでいた体を起こしてほほえむ。

「もうずっとこんな状態ですか?」

オータムは思わずヨークに向けていた視線を泳がせた。「あ、あの……わからないんです。数時間前からだと思うんですけれど」医者が変に思わなければいいけれど、と思いながら、オータムはおずおずと言った。「ゆうべはほとんど食事に手をつけませんでした」思い出してあわててつけ加える。

「ああ、それも典型的な症状なんですよ。二、三日は食欲がないと思いますが……。奥様おひとりですか?」

「ええ、先生、夫は……?」

「すぐよくなりますよ。だが、悪性の流感ですから、熱が上がったら体をふいてあげるように。いやがるかもしれませんがね――子供扱いされるのをいやがるものでね。心配しなくてもいいですよ。どんどん水分を与えるようにして、部屋を暖かくしてください。二、三日しても症状が消えないようなら、また電話してください。これは抗生物質だから、指示をよく読んで飲ませるように。また寄ってあげますよ。あなたにうつることも充分ありますから、気をつけるんですよ」

医者が帰ってしまうとオータムはオーブンの火を消し、客間に入っていって、クリスマス・ツリーをぼんやりと眺めた。色鮮やかな飾りが、ひとりぼっちでクリスマスをすごすオータムをあざ笑っているように思える。

夜になってから、ヨークの熱は高くなった。ヨークはこぶしを固く握ってけいれんするように身を震わせる。ひどい汗だった。体をぬぐってあげていると、それまで眠り続けていたヨークが目をさました。目を細めているけれど、何も見えていないらしい。

「わたしよ、ヨーク。オータムよ。すぐによくなるわ。さ、体の向きを変えてね」やさしく話しかけ、面倒を見るオータムは、幼い子をいたわる母親のようだった。意外なことに、ヨークは逆らわなかった。だがオータムのことはわからないらしい。初めて聞く名前でであるかのように、口の中でオータムの名をつぶやいている。

オータムはつきっきりで看病を続けた。幸い果物がたくさんあったので、ジュースを作ってはヨークに飲ませた。汗がひどく、二度もシーツを替えたけれど、真夜中になると新しいシーツがまたびっしょり濡《ぬ》れた。何度も重いヨークの体を動かしたので、背中や腕が痛む。

ベッドルームに戻ると、ヨークは苦しそうにうめいて、頭を左右に振っていた。頭を枕《まくら》の上に戻してあげようとすると、ヨークが突然、意外な力でオータムの手首をつかんだ。瞳が大きく見開かれている。

「オータム？　オータムかい？」

「そうよ、ヨーク。さ、静かに横になって。今シーツを替えますからね。ひんやりしていい気持よ」

「暑い」ヨークは寝返りを打ちながらまたうめいたかと思うと、今度は熱の発作か、震え出した。「寒いんだ、オータム。寒い……」

ヨークの肌はぞっとするほど冷たくて、じっとりと湿っていた。よくなったしるしなのか、悪くなったしるしなのか、オータムにはわからない。お医者様はなんて言ってたかしら……そう、暖かくしてあげるようにって言われたっけ。

「だめよ、ヨーク、ヨーク！」かけぶとんをはいで、激しく身を震わせているヨークを見て、オータムは心配になって叫んだ。

ヨークがやっとうとうとするまでにはずいぶん時間がかかった。オータムは下に行って犬を外へ出してやった。そして初めて自分が朝から何も食べていないことに気づく。オムレツを作って、食欲のわかないまま無理に口に押しこんだ。ついでにレモンジュースをたくさん作って二階に持っていく。朝になったらヨークの熱も下がるはず……神様、どうかお願い……祈るような気持だった。

毛布にくるまって、オータムはヨークの部屋のアーム・チェアに座った。かけぶとんの下で、ヨークの体がまだ震えている。肌の色が異様に白い。しばらくして、オータムが眠りかけたとき、ヨークがかすれ声で懇願するようにうめいた。疲れてぼんやりとした頭で、オータムははっと目をさますと、かけ寄ってヨークの体に手をかけた。

「オータム……どこにいる?」

「ここよ、ヨーク」そっと言って、額にかかる髪をかき上げてあげる。「飲み物がほしいの?」

「いや、飲み物じゃない。君だ」弱々しく、ヨークはつぶやいた。「君が必要なんだ、オータム……君が……」やっとのことで言ったらしく力を使い果たしたのか、ヨークはぐったり目を閉じた。「僕を置いていかないでくれ、オータム。抱いてくれ……オータム、お願いだ……」

オータムの喉もとに熱いかたまりがこみ上げた。無力で弱々しく、すっかり自分自身をさらけ出しているヨークを見て、オータムは心を動かされていた。

もちろん自分で何を言っているのかわかっていないのだろうけれど、ヨークの指はしっかりとオータムの手首をつかんだままだった。オータムはヨークの横に滑りこんで、横になった……。

ヨークはオータムの温かい体を両腕ですっぽりと包みこむ。オータムは思わずどきりとして、心臓が止まりそうになる。けれど次の瞬間には、ごく自然にヨークの体に腕を巻きつけて、温かい自分の体をぴったりと押しつけていた。ヨークの吐く息で、オータムのナイトガウンのレースが揺れる。やがてすやすやと眠ってしまったヨークを見ているうちに、オータムの胸にいとしさがこみ上げてきた。もたれかかるヨークの頭の重みに、オータムは言いようのない満ち足りた気持を覚えて、穏やかなほほえみを浮かべていた。

明け方、オータムはヨークの体重に息苦しくなって目をさました。ヨークはすっかりリラックスした顔をしていた。いつもよりずっと若々しい。頬の異様な赤みは消えていた。体を押しのけようとすると、口の中で何かをつぶやき、そしてぱっと目を開けてオータムの顔を見つめた。

「そこにいたのか」ぶるっと身震いしてヨークは言った。「夢を見ているのかと思ったけれど、本当だったのか。オータム……オータム」

オータムの体に触れようと伸ばした手が小さく震えている。涙がこぼれそうになって、オータムはごくりとつばをのみこんだ。

「出ていかないでくれ」かすれ声でヨークはささやく。「二度と……こんどはもう耐えられない。出ていかないと約束してくれ」どこにそんな力が残っているのか、ヨークは意外な力をこめてオータムの腕をつかんだ。

熱のために、ヨークの瞳はうるんでいる。オータムは医者の言ったことを思い出した——ヨークはまだ正気に戻っていないのかもしれない。わたしのことも、本当にはわかってないのかもしれない。

「出ていったりしないわ、ヨーク」そっとヨークの体をなでて、オータムはささやいた。

「さ、休んでちょうだい。ゆっくり眠るのよ」

「眠る……眠られるものか。寝ている間に出ていくつもりだろう」昔のことを思い出したのか、ヨークの瞳が急に曇った。「あのときも、目をさましたら君はいなくなっていた」

ヨークはがたがたと震えている。「ああ、オータム！」

汗かと思ったけれど、顔を上げたヨークの瞳を見て、それが涙だとわかった。彼のまつげの先が光るのを見ているうちに、オータムの胸に熱い思いがこみ上げてくる。子供をなだめるように、オータムはヨークを抱き締めて、大丈夫よ、と何度もささやきかけた。やがて安心したのか、ヨークの体から力が抜けた。

「二度と出ていかないと約束してくれ、オータム。約束してくれ」傷ついた子供を思わせる瞳だった。

急にあることに思い当たって、オータムは胸が痛くなった。ヨークの言っていることが本当だとしたら？　病気のせいで、今まで外に出さないように努めてきた本当の気持をつい口にしているのだとしたら？　ヨークが自制心を失ってこんなに本心を見せるのは、初めてのことじゃないかしら。

いいえ、こんなことが本当のはずはないわ——わたしが勝手に自分に都合のいいような解釈をしてるんだわ。ヨークがいつも言ってることと、まるっきり違うから……。でも、でも、もし本当だとしたら？　もし本当にわたしにいてほしいと思っているとしたら？　その思いは一日中オータムの脳裏を去らなかった。ベッドの横につきっきりだったオータムは、夜になってヨークの熱が下がったのに気づいた。目を開いたヨークは、こんどははっきりオータムの姿を認めたらしい。

「ハロー」冷たい額に手を置いてオータムは言った。

ヨークはすぐには答えない。だがやがて返ってきた返事を聞いて、オータムはヒステリックな笑い声を立てないようにぎゅっと下唇をかみしめなければならなかった。

「ここで何をしてる」邪険な、つっかからんばかりの口調だった。「僕の部屋にまで入りこんだのか」

「仕方なかったのよ」二人ですごした前日の夜を思い起こしながら、オータムはさりげなく言った。「あなたは病気だったのよ、ヨーク。流感にかかっていたの」

「馬鹿を言うな！」ヨークは乱暴に足を床について立ち上がろうとしたが、よろけてベッドにまた座りこんだ。わけがわからないといった表情のヨークに、オータムは笑いをかみ殺してかけ寄った。

「起きないでいいのよ。下に行って何か食べ物を持ってきてあげるわ」

「僕にかまうな！　よけいなお世話はたくさんだ」

疲労が急にどっと出たのと、安心したのとで、オータムは自分でも意外なことを口走っていた。「ゆうべはそんなことを言わなかったわ」

ちょっとの間、二人は黙ってじっと見つめ合っていた。ヨークの顔は蒼白《そうはく》だった。油断のならない瞳を、じっとオータムに注いでいる。

「熱があるときには思ってもいないことを口にしたりするものだ」とうとうヨークが口を開いた。

「そうね」オータムはふと、ある計画を思いついた。やってみようか……勇気がないけれど、でも、今となってはどうしてもはっきりさせたい。オータムの口の中はからからに渇いていた。もしわたしの思っていることと違ったら……ヨークのうわ言が本心でなかったら……？

「もうサーの称号をもらえるめどがついたのだから、わたしがここにいなくてもいいわけね」

「それはそうだな」ヨークはすんなりと言う。

「じゃ、オムレツでも作るわ」

オータムは出来あがった料理を二階に運び、ベッドに横になったまま食べるようにとヨークに言った。

「次は、食べさせてあげますなんて言うんじゃないだろうな」オータムがヨークの膝の上に盆を置くと、彼はうめいた。「甘やかしてもらわなくてもけっこうだ」

「あなたには今、それが必要なの」オータムは穏やかに言った。「病気のときには誰だって面倒を見てもらわなきゃならないのよ。お母様だってそうしていらっしゃらなかった？」オータムはじっとヨークを見つめた。そうしていなかったら、ヨークがわずかにまばたきをして、ぎゅっとあごに力を入れたのを見逃してしまったかもしれない。

「病気になったことなんかなかった……」

オータムはため息をついた。

「とにかく今は病気なのよ。明日お医者様がみえるわ」

「それじゃ、医者がもう看病はいらないと言ったら出ていくんだな」皮肉っぽい言い方だった。

ヨークはほとんどオムレツに手をつけない。オータムは彼に背を向けたまま、静かに言った。「あなたはそうしてほしいの？　出ていってほしい？」オータムはわざとゆうべのヨークの言葉を繰り返してみた。彼は思い出してくれるかしら？　だがヨークは返事をしなかった。

翌日の午後、医者が訪れた。

「もう安心だ。いい看護人がいて、ご主人はお幸せですな」医者はオータムにほほえんだ。

オータムが二階へ行くと、ヨークは眠っていた。ベッドカバーを直しながら、オータムはその寝顔に触れたい思いを必死に抑えていた。

夕食のしたくをしていると電話が鳴った。さっきの医者からだった。

「実はサー・ガイルズも流感にやられましてね。看病する人もいなくてひとりきりなので、その……」

「わたしに行ってほしいっておっしゃいますのね」ヨークを残していくのは気が重いけれど、医者のたっての頼みを断ることも出来なかった。

「看護師を送るまで、二時間でいいんです」

ヨークはぐっすり眠っているようなので、オータムは起こさないようにして、車を出した。

サー・ガイルズはヨークほどひどくはなかったけれど、それでもひとりにしておける状態ではなかった。夜も近くなって、看護師が来た。

道路は凍りかけている。オータムはゆっくりと慎重に運転して家に戻り、台所から入った。ラブラドール犬が情けない顔で座っている。

「お前のことを忘れてやしないわ」がつがつとえさを食べる犬に向かって、オータムは言った。

食欲がないままシャワーを浴び、シルクのガウンをまとって鏡台の前に腰を下ろした。下に行こうと立ち上がったとき、急にヨークの部屋のドアが開いた。やつれた顔のヨークがドアにもたれかかっている。

「オータム！」奇妙な、飢えたような目つきだった。今まで、聞いたことのない響きがこもっている。「行ってしまったかと思った」不思議そうな表情のオータムに、ヨークは言葉を投げつける。「出ていくって言ったじゃないか」

ヨークの体がぐらりと揺れた。オータムは反射的にぱっとかけ寄ったが、押しのけられてしまう。

「さわるな」荒々しくヨークはつぶやいた。顔が赤くなっている。「僕を苦しめて、さぞ気分がいいだろうよ。ああ、オータム！」オータムの名を呼びながら、ヨークは目を閉じた。ため息に似た声だった。「この家を出ていってくれ。僕にはもう耐えられない。君を呼び返したのが間違いだった。最初のときでこりていたはずなのに……。どうしても君がほしくて、強引に結婚してしまったが、君はまだ若すぎたんだ……ああ、そんな目で見ないでくれ」見つめるオータムに、ヨークはかすれたうめき声をあげた。「君にはわからないのか。君が僕を憎んでいたと同じくらい、僕自身自分にいやけがさしていたのを。僕だって、自分がどんな人間かよくわかってるさ」

「ヨーク？」おずおずとオータムが口をはさんだ。「あなた、わたしと結婚したくなかったのじゃなくて？　ゴシップを避けるために仕方なくわたしと結婚したのじゃ……」

「まさか」ヨークの唇がゆがんだ。「君の心も体も僕のものにしたかった。君が必要だったんだ。だが君は若くて、何もわからなかった。初めはそんな無心な君に手も出せずにいた。だからあのときジュリアに入ってこられたときは、逆に天の助けに思えたよ。それをきっかけに君を僕のものに出来たのだからね。だが君はだんだん僕を避け始めた……気が狂いそうだった。体の結びつきを通じてしか、君に近づけなかった。でもそれでは満足出来なかった。体では求め合っているのに君は心を閉ざしたままだった……」

「なぜ、なぜそれを話してくださらなかったの？」

「出来なかった……」しぼり出すような声だった。オータムは思わず一歩前に出た。両親の愛情すら求められなかった子供時代が、ヨークをこんなにまでしてしまったのだろうか？　気の毒なヨーク……。

「さわらないでくれ。僕は自分で自分を抑えられなくなるよ」ざらついた声でヨークは言った。

腕に触れると、ヨークはぴくっとして一歩下がる。

「あわれみはたくさんだ！　放っておいてくれ」

「そうはいかないわ」落ち着いた声でオータムは答えた。「もうあなたはわたしを止められないのよ。だってあなたを愛してるんですもの、ヨーク。ずっと愛していたわ。わたしを愛してほしいって、頼みたいの、ヨーク」オータムはヨークの胸にもたれかかり、首筋に唇を押し当てた。

ヨークはオータムを固く抱き締めた。

「本当よ。愛してるわ。もっと前に言いたかったけど、あなたは仕方なくわたしと結婚したと思っていたから言えなかったのよ。ロンドンにいたころは、いつもわたしたちちぐはぐで、ベッドの中でしか会えなかった……。だからあなたはわたしを女として支配したいだけなのだと思いこんだわ。それで家を出たのよ。あなたへの愛情を自分でどうしたらいいのかわからなくて……」

「なんてことだ！」唇を押しつけたまま、ヨークが言った。「僕らは二人共大馬鹿だった。僕は君がほしくて、だだっ子のように無理矢理手に入れたのをいつも悪いと思っていた……。君が出ていってからはずっと君の動きを探っていたんだ」

「でもサーになるために……」

「本気で僕がそれを望んでいると思うのかい？　ただの口実さ。もう一度君とやり直してみたかった。それでセント・ジョンズ島に行ったんだ。が、君に会ったらどうしてもすぐに君を連れ戻したくなって思いついた言い訳さ」

「でもイギリスに帰ってから、あなたは冷たかったわ。最近は毎晩のように出かけて……」

「家にいればどうしたって君を抱きたくなってしまうから、毎晩あてもないドライブをしていたんだよ。二度とあの夜のようなことを繰り返してはいけないと思った。君に女としての満足を与えられるのは承知していたが、それが君の心を遠ざけることもわかっていた

「……」

「わたしもそれが自分自身でいやだったの。だって、あなたに抱かれると、何もかもどこかにいってしまうんですもの」

「たぶん君は結婚したのが若すぎたんだ。待てばよかったのに、君を失うのが怖くて待てなかった」

「わたし、おどおどしていて、本当に幼かったのね」胸に当てた手の下で、ヨークの心臓が音を立てている。「さっきは出ていったと思った？」

「そうさ。君を捜していた……」

「病気なのに？」あきれた口調でオータムがとがめた。「まだ起きちゃいけないわ」

「そうだな。でもひとりで寝るのはもうあきたよ」問いかけるような瞳に、オータムは笑い返した。

「わたしもよ」とささやき返して、唇を押しつける。二人は互いの目を見つめ合って、心の痛みを分かち合った。ヨークの手が伸びて、オータムのあごを持ち上げる。彼の瞳には今までにない光が宿っていた。

「あなたも？」それ以上何も言えなかったし、言う必要もなかった。

「もう言ったと思ったけど？　うわ言で言ったんじゃないかな？　どうやら本心をしゃべってしまったような記憶があるんだ……」

「熱に浮かされてわけのわからないことを口走っただけだって言ったわ」やさしくオータムは釘《くぎ》をさした。

「自分では何を言ったのか覚えてないが、ずっと言いたくても言えないことがあったのは確かだ。けがの功名とはこのことかもしれないな。頭がぼんやりしていたせいで、正直に本心を君に話せたんだから。君が看病してくれていたのを、おぼろげに覚えているよ。初めて女性の本当のやさしさに触れたように思った。君がいよいよ僕を好きになってくれるかと思った矢先に、出ていくと言われて……」

「あなたのうわ言が本心かどうかわからなくて、悩んでいたの。出ていくと言ったら、本当のことがわかると思って、わざと言ったのに、何も言ってくれないんですもの。わたしなんか用のない人間だと思ったわ。でももう何もかもすんだことよ」そっと顔を上げて、オータムは言った。その唇をヨークの唇がふさぐ。時間が消えた。ヨークの心臓の鼓動が激しくなる……。オータムの腕がヨークの首にまわされた。

二人は長いこと唇を合わせていた。離れていた魂がひとつに溶け合い、苦しみも悲しみも、一気に押し流されていった。

「お互いに思っていることを隠す必要がないのは、なんていい気分なんだろう」やがてヨークがベッドに横たわっているオータムを見下ろして言った。

そのとおりだった。やさしさが、二人の間にあった最後の壁を打ち壊す。互いの体に触れるたびに、あふれんばかりに心が満たされていくのがわかった。今二人の間に燃える炎は、欲望の炎ではなく、もっと温かく、もっと深い、本当の愛の炎だった。

過去は死に絶え、輝かしい未来が、オータムの体をすみずみまで満たしていった。

「愛している」唇を重ねたままヨークがささやいた。もう言葉はいらなかった。二人がお互いを必要としているのは、二人共充分にわかっているのだから。

●本書は、1984年9月に小社より刊行された作品を文庫化したものです。


長い冬

2024年3月15日発行　第1刷

著　　者／ペニー・ジョーダン

訳　　者／高木晶子（たかぎ　あきこ）

発 行 人／鈴木幸辰

発 行 所／株式会社ハーパーコリンズ・ジャパン
東京都千代田区大手町1-5-1
電話／04-2951-2000（注文）
0570-008091（読者サービス係）

印刷・製本／中央精版印刷株式会社

表紙写真／© Golyak | Dreamstime.com




ISBN978-4-596-53801-7

2月28日発売

# ハーレクイン・シリーズ 3月5日刊

## ハーレクイン・ロマンス

愛の激しさを知る

**イタリア富豪と最後の蜜月** 《純潔のシンデレラ》 ジュリア・ジェイムズ／上田なつき 訳

**愛されない花嫁の愛し子** 《純潔のシンデレラ》 アニー・ウエスト／柚野木　菫 訳

**愛と気づくまで** 《伝説の名作選》 ロビン・ドナルド／森島小百合 訳

**未熟な花嫁** 《伝説の名作選》 リン・グレアム／茅野久枝 訳

## ハーレクイン・イマージュ

ピュアな思いに満たされる

**偽りの薬指と小さな命** クリスティン・リマー／川合りりこ 訳

**パリがくれた最後の恋** 《至福の名作選》 ルーシー・ゴードン／秋庭葉瑠 訳

## ハーレクイン・マスターピース

世界に愛された作家たち
〜永久不滅の銘作コレクション〜

**裁きの日** 《特選ペニー・ジョーダン》 ペニー・ジョーダン／小林町子 訳

## ハーレクイン・ヒストリカル・スペシャル

華やかなりし時代へ誘う

**ハイランダーの花嫁の秘密** テリー・ブリズビン／深山ちひろ 訳

**運命の逆転** ポーラ・マーシャル／横山あつ子 訳

## ハーレクイン・プレゼンツ作家シリーズ別冊

魅惑のテーマが光る極上セレクション

**愛の使者のために** エマ・ダーシー／藤峰みちか 訳

## 既刊作品

「いわれなき罰」
ミシェル・リード　　中村美穂　訳
婚約者に裏切られたうえ、横領の濡れ衣を着せられたナターシャ。さらに婚約者の義兄の富豪レオに「全額返済するまで、愛人として君を拘束する」と言われてしまう！

---

「初恋のひと」
パトリシア・レイク　　細郷妙子　訳
ターリアは実業家アレックスと激しい恋に落ちた。だが彼に裏切られ、傷心のまま密かに一人で子供を産み育てていたのだ。3年後のある日、再び彼が現れて…。

---

「花開くとき」
キャロル・モーティマー　　安引まゆみ　訳
手術のせいで子供ができない体になったブリナは、実業家ラフの愛人となっていた。だが、彼が望んでいないのに妊娠しているのに気づき、ラフのもとを去る。

---

「純白のウエディング」
ダイアナ・パーマー　　山野紗織　訳
天涯孤独のナタリーは隣家の大牧場主マックに長年憧れていた。ところが彼は、ナタリーを誘惑したくせに、冷たく突き放したのだ。傷心の彼女は家を出るが…。

---

「裏切られた夏」
リン・グレアム　　小砂　恵　訳
病身の母を救いたければ、実業家ニックと結婚するように祖父に言い渡されたオリンピア。ニックは結婚の条件は、跡継ぎを産んだら離婚することだと言い放つ。

# 既刊作品

## 「冬の白いバラ」

アン・メイザー　　長沢由美　訳

ジュディは幼い娘と６年ぶりにロンドンへ戻ってきた。迎えたのは亡き夫の弟でかつての恋人ロバート。ジュディは彼が娘に自らの面影を見るのではと怯えて…。

---

## 「夢一夜」

シャーロット・ラム　　大沢　晶　訳

フィアンセに婚約解消を言い渡され、絶望を隠して、パーティで微笑むナターシャ。敏腕経営者ジョーに甘い愛を囁かれて一夜を過ごすが、妊娠してしまい…。

---

## 「幸せをさがして」

ベティ・ニールズ　　和香ちか子　訳

意地悪な継母から逃げ出したものの、ベッキーは行くあてもなく途方にくれていた。そこへ現れた男爵ティーレに拾われて、やがて恋心を募らせるが拒絶される。

---

## 「悪魔のばら」

アン・ハンプソン　　安引まゆみ　訳

コレットは顔の痣のせいで、憧れのギリシア人富豪ルークに疎まれ続けてきた。だが、ある事故をきっかけに別人のような美貌に生まれ変わり、運命が逆転する！

---

## 「花嫁の契約」

スーザン・フォックス　　飯田冊子　訳

生後間もない息子を遺し、親友が亡くなった。親友の夫リースを秘かに想い続けていたリアは、子供の面倒を見るためだけに、請われるまま彼との愛なき結婚を決める。